這是一本改變人類學英文方法的書。

先看同義字唸，唸20遍以後，
不看書，看能不能背下來。

唸20遍背不下來，就唸50遍。

成功是屬於有毅力的人。

每一個Unit唸熟以後，再聽MP3，
按著重複鍵重複聽，走路聽、坐車聽、
運動聽，睡覺前也聽。

背了單字，不會用怎麼辦？

「大連少年派學能訓練中心」于晨校長打電話問我，某外國出版社的教材如何？我看了以後，覺得學了沒有用，如書中的 "This is my grandma's dog," says Kate. "It's purple," says Jenny. 請問，這兩句話學了，什麼時候才用得到？孩子們每天讀，老師每天教，不知道要等到哪一年，老師和同學才有機會說：This is my grandma's dog. 看了全世界學語言的書，共同的錯誤是，學了不能馬上用到。用不到就會忘記，等於沒有學。

「一口氣背會話」中的每一句話，馬上可以用得到，第一課：Great to see you.（真高興見到你。）So good to see you.（看見你真好。）What's going on?（有什麼事發生？）不僅隨時可以說，而且可以一口氣講九句。「一口氣背演講」的內容也是美國人的口語精華，第一課 Ladies and gentlemen.（各位先生，各位女士。）I thank you for being here.（感謝大家來到這裡。）I'm going to get straight to the point.（我要直接講重點。）你看，這三句話是不是隨時都有機會說？

發明了「一口氣背會話」和「一口氣背演講」後，公司來了一位編輯黃政翔，他對學英文很著迷，他說：「老師你的『一口氣背演講』單字量不夠。」於是，我們再次發明「一口氣背 7000 字」，7000 字是高中同學必背的，苦心編排，以 3 字為一組，9 字為一回，如：accépt–accéptable–accéptance，áccess–accéssible–accéssory，accélerate–accelerátion–áccent，我自己先背，背完後上了 14 週的課，覺得效果奇佳。有同學 10 分鐘內背了 1,000 個單字，考試成績突飛猛進。我們不停地要求同學背 7000 字，但是卻沒辦法用在作文中，自己造句太危險了。

背了單字不會用，學了文法不會寫，如前面所講的，"This is my grandma's dog," says Kate. 到底用 says 還是 said？其實都可以。查「文法寶典」，原來「現在式」的用法除了表「現在的動作」以外，有時可表示「未來」，有時代替「現在完成式」，有時代替「過

去式」。孩子背了這句話，搞不清楚何時用現在式，何時用過去式，就不敢造出："What did you say?" 在「一口氣背會話」p.1175 中有提到，聽不懂別人的話時，該説什麼：

I beg your pardon? (對不起，請再說一遍好嗎？)
I didn't catch that. (我沒聽懂。)【過去式】
What did you say? (你說什麼？)【過去式】

Could you repeat that? (你能不能再說一遍？)【過去式】
Could you speak up? (你可以說大聲一點嗎？)【過去式】
Please speak slowly. (請說慢一點。)

I don't get it. (我聽不懂你說的話。)
What do you mean? (你的意思是什麼？) } 【這兩句是慣用句】
Please explain it to me. (請解釋給我聽。)

先有語言，才有語法；先有句子，才有文法，不是每一個句子都可用文法來分析。像 I don't get it. 就是慣用句，無法用文法來解釋，整個句子不能改一個字，不能說成：*I didn't get it.* (誤) 但可說成：I didn't get that. 或 I didn't get what you said. 正常情況按文法規則，但是太多的慣用句，如果避而不學，那文章就寫得不精彩，話也說不好。

　　有一位博士生說：「我把一口氣背會話的 CD 放在汽車裡聽，一下子就學會了。」會話和演講只要背，就會說。那單字呢？單字量夠，不會用怎麼辦？於是我們發明了「一口氣背同義字寫作文…」，如 assertive，有誰會用？在字典上的解釋是「有衝勁的；果斷的；有主見的；過份自信的」，在不同的情況下，有不同的解釋。這個字加上一個 Be，就完全不同了：

　　Be assertive. (要有衝勁。)
= Be self-assertive. (要有主見。) } assertive–self-assertive–
= Be aggressive. (要積極進取。) 　aggressive 這三個字都有 a。

= Be positive. (要積極。)
= Be pushy. (要有衝勁。) } positive–pushy–powerful
= Be powerful. (要強而有力。) 這三個字都是 p 開頭。

$$\begin{cases} = \text{Be forceful.} \text{（要強而有力。）} \\ = \text{Be demanding.} \text{（要嚴格要求。）} \\ = \text{Be insistent.} \text{（要堅持。）} \end{cases} \Bigg\} \text{forceful 接到上一組的 powerful。}$$

　　這些同義字加上 Be 動詞，以 Be assertive. 爲主，一次背了9個單字，也背了9句話，也知道每個字在這種情況下的用法。新來的編輯，叫他想辦法找9句話，找一個月都找不出來，因爲 1. **句子要短**——才背得下來。2. **天天可以用得到**——才想背。3. **句中的單字要有同義字**——單字量才能增加。沒有同義字的，我們用同義句。腦袋裡有同義字和同義句，就可以造出長篇的演講和作文了。

　　爲了找出正確的同義字，我們查閱 Collins English Thesaurus, Oxford Dictionary & Thesaurus, Random House Webster's College Thesaurus, Roget's International Thesaurus, Merriam-Webster's Dictionary AND Thesaurus，居然發現我們「學習出版公司」的「**英文同義字典**」最平易近人。同義字很多，但不一定適合每一個句子，例如在字典上，objective 和 object 都可以當「目標」解，我們可以說 We must have an objective.（我們必須要有目標。），就不能說：*We must have an object.*，你知道爲什麼嗎？因爲 object 除了當「目標」以外，還當作「物體」解，*We must have an object.* 會誤會成「我們必須要有一個東西。」你看，英文一字多義，多麼複雜！**學英文最簡單的方法就是背句子！背句子！句子越短越好背，句子背得越多，英文越好！**

　　這本書附有 MP3，讀者可以反覆地聽，聽熟再背就比較輕鬆。我們也有出版「一口氣背同義字寫作文…① Unit 1~7 講座實況 DVD」，讀者可以看 DVD，編者上課沒有拿講義，完全靠記憶。不拿講稿的講座，說出來的話才精彩。我這種年齡都能背得下來，相信其他讀者更能背得下來。希望能找到對英語教學有興趣的老師，**將這個學英文的好方法傳出去。**

劉　毅

CONTENTS

Unit 1 The Way to Success
成功之道

I. 先背 9 個核心關鍵句：

We must have a goal.
It must be crystal clear.
It must be our passion.

Be confident.
Be assertive.
Be an expert in your field.

Select a good mentor.
Seek feedback.
Only those who persist will succeed.

　　Unit 1 是一篇演講，主題是「**成功之道**」(**The Way to Success**)，成功的祕訣第一是要有目標 (**We must have a goal**.)，目標必須明確 (It must be crystal clear.)，要做自己所喜歡做的事，目標必須是我們熱愛的 (It must be our passion.)

UNIT
1

　　設定目標之後，要有信心 (**Be confident.**)，要有衝勁 (**Be assertive.**)，要成為你那個領域的專家 (**Be an expert in your field.**)。

　　想要做到最好，一定要選擇一位良師 (**Select a good mentor.**) 跟他學，還要尋求他人的意見 (**Seek feedback.**)。最重要的是，一定要堅持到底，唯有堅持到底的人才會成功 (**Only those who persist will succeed.**)。

II. 背關鍵句中的同義字：

1.　We must have a goal.

（我們必須要有目標。）

{ 　**goal**〔 gol 〕*n.* 目標
= target〔'tɑrgɪt 〕*n.* 目標；標靶
= purpose〔'pɝpəs 〕*n.* 目的；目標

{ = aim〔 em 〕*n.* 目標；目的
= plan〔 plæn 〕*n.* 計畫；規劃
= objective〔 əb'dʒɛktɪv 〕*n.* 目標；目的　*adj.* 客觀的

* object〔'ɑbdʒɪkt 〕的主要意思是「物體」，雖然也作「目的；目標」解，但如果說 We must have an object.，會誤會成「我們必須有一個東西。」

{ = intention〔 ɪn'tɛnʃən 〕*n.* 意圖；目的
= ambition〔 æm'bɪʃən 〕*n.* 抱負；雄心；野心；目標
= destination〔ˌdɛstə'neʃən 〕*n.* 目的地；目的

* 這三個字都是 tion 結尾，唸起來有押韻，很好背。

上面 9 個字背至 5 秒內，終生不忘記。

背完同義字，再背同義句：(多聽 MP3 自然會説)

We must have a goal.
= We must have *a target*. (我們必須要有目標。)
= We must have *a purpose*. (我們必須要有目標。)

= We must have *an aim*. (我們必須要有目標。)
= We must have *a plan*. (我們必須要有計畫。)
= We must have *an objective*. (我們必須要有目標。)

= We must have *an intention*.
(我們必須要有意圖。)
= We must have *an ambition*.
(我們必須要有抱負。)
= We must have *a destination*.
(我們必須要有目的。)

當你聽MP3的時候，不斷地重複We must have...，無形中你就學會句型。

2. It must be crystal clear.
(它必須很明確。)

crystal clear　非常清楚的；一清二楚
= clear-cut 〔͵klɪr'kʌt 〕 *adj.*　清楚的；明白的
(不可寫成 *clear cut*)
= clear 〔 klɪr 〕 *adj.*　清楚的；明白的；明確的

* 這三個字都有 clear。crystal 〔'krɪstl̩ 〕 *n.* 水晶
crystal clear 是形容詞片語，重音在 clear 上。

{
= clearly defined 很清楚的

= well defined 很清楚的 (= *well-defined*)

= defined 〔 dɪˈfaɪnd 〕 *adj.* 確立的；清楚的

* define 〔 dɪˈfaɪn 〕 *v.* 下定義；解釋
  defined 字面的意思是「被解釋過的」，引申為「清楚的」。

{
= definite 〔ˈdɛfənɪt 〕 *adj.* 明確的

= distinct 〔 dɪˈstɪŋkt 〕 *adj.* 明白的；清楚的；
  明確的

= explicit 〔 ɪkˈsplɪsɪt 〕 *adj.* 明白的；清楚的

* definite 和 define 字根相同，好背。

* * *

{
= precise 〔 prɪˈsaɪs 〕 *adj.* 精確的；明確的

= plain 〔 plen 〕 *adj.* 明白的；清楚的

= plain and simple 清楚明白的

* 這三個都是 p 開頭。

{
= simple 〔ˈsɪmpḷ 〕 *adj.* 簡單的

= specific 〔 spɪˈsɪfɪk 〕 *adj.* 明確的；清楚的；
  特定的

= straightforward 〔ˌstretˈfɔrwəd 〕 *adj.* 直接的；
  清楚的

* 這三個字都是 s 開頭，simple 接著前面一組 plain
  and simple。

$\left\{ \begin{array}{l} \\ \\ \\ \\ \\ \end{array} \right.$ = black and white　白紙黑字的；明白的

= cut and dried　已成定局；不容更改；已確定的

　(= *cut-and-dried*)

= unmistakable〔͵ʌnmə'stekəb!〕*adj.* 不會弄錯的；

　明確的；清楚明白的

＊cut and dried 源自茶葉「已經切好並且曬乾了」，
引申為「已成定局；已確定的」。

以上 18 個同義字背至 10 秒內，就終生不忘記。先背 9 個，
再背 9 個，較簡單。

背完同義字，再背同義句：

$\left\{ \begin{array}{l} \\ \\ \\ \end{array} \right.$ **It must be crystal clear.**

= It must be *clear-cut*.（它必須很清楚。）

= It must be *clear*.（它必須很明確。）

$\left\{ \begin{array}{l} \\ \\ \\ \end{array} \right.$ = It must be *clearly defined*.（它必須很清楚。）

= It must be *well defined*.（它必須很清楚。）

= It must be *defined*.（它必須很清楚。）

$\left\{ \begin{array}{l} \\ \\ \\ \end{array} \right.$ = It must be *definite*.（它必須很明確。）

= It must be *distinct*.（它必須很明確。）

= It must be *explicit*.（它必須很清楚。）

＊　　＊　　＊

$\left\{ \begin{array}{l} \\ \\ \\ \end{array} \right.$ = It must be *precise*.（它必須很明確。）

= It must be *plain*.（它必須很清楚。）

= It must be *plain and simple*.

　（它必須很清楚明白。）

　 = It must be *simple*. (它必須是簡單的。)
　 = It must be *specific*. (它必須很明確。)
　 = It must be *straightforward*. (它必須很清楚。)

　 = It must be *black and white*. (它必須很明白。)
　 = It must be *cut and dried*. (它必須是確定的。)
　 = It must be *unmistakable*. (它必須很明確。)

---

3. It must be our passion.
(它必須是我們熱愛的。)

---

　　passion〔ˈpæʃən〕這個字主要當「熱情」解，在這裡作「強烈的愛好；熱愛」解，同義字極少。我們背三句同義句，和三句相關的句子。

　　 It must be our passion.
　 = It must be what we love.
　　 (它必須是我們所喜愛的。)
　 = It must be what we are interested in.
　　 (它必須是我們感興趣的。)

* passion〔ˈpæʃən〕*n.* 熱情；酷愛；強烈的愛好

　 Love what you do. (愛你所做的工作。)
　 Do what you love. (做你喜愛的工作。)
　 Big money will follow you. (大錢會自己來。)

UNIT
1

4. Be confident. (要有信心。)

> **confident** ﹙'kɑnfədənt﹚ *adj.* 有信心的
> = self-confident ﹙‚sɛlf'kɑnfədənt﹚ *adj.* 有自信的
> = self-reliant ﹙‚sɛlfrɪ'laɪənt﹚ *adj.* 靠自己的;自立的

> * reliant ﹙rɪ'laɪənt﹚ *adj.* 依賴的;依靠的
> 【源自 rely ﹙rɪ'laɪ﹚ *v.* 依賴】

> = self-assured ﹙‚sɛlfə'ʃʊrd﹚ *adj.* 有自信的
> = assured ﹙ə'ʃʊrd﹚ *adj.* 有自信的
> = sure of *oneself* 有自信的

> = bold ﹙bold﹚ *adj.* 大膽的;勇敢的
> = daring ﹙'dɛrɪŋ﹚ *adj.* 大膽的;勇敢的
> = fearless ﹙'fɪrlɪs﹚ *adj.* 無畏的;大膽的

> * 這三個都有「大膽的」的意思;膽子大自然有信心。

這9個同義字背至5秒,就終生不忘記。

背完同義字,再背同義句:

> **Be confident.**
> = Be *self-confident*. (要有自信。)
> = Be *self-reliant*. (要靠自己。)

> = Be *self-assured*. (要有自信。)
> = Be *assured*. (要有自信。)
> = Be *sure of yourself*. (要有自信。)

UNIT
1

$$
\begin{cases}
= \text{Be } \textit{bold}. \text{（要大膽。）} \\
= \text{Be } \textit{daring}. \text{（要勇敢。）} \\
= \text{Be } \textit{fearless}. \text{（要無所畏懼。）}
\end{cases}
$$

上面每一個同義句，都可運用在日常生活中來激勵他人。

5. Be assertive. (要有衝勁。)

$$
\begin{cases}
\textbf{assertive} \text{〔ə'sɝtɪv〕} \textit{adj.} \text{ 有衝勁的；果斷的；} \\
\quad \text{有主見的；過分自信的} \\
= \text{self-assertive} \text{〔,sɛlfə'sɝtɪv〕} \textit{adj.} \text{ 有主見的；} \\
\quad \text{自做主張的} \\
= \text{aggressive} \text{〔ə'grɛsɪv〕} \textit{adj.} \text{ 積極進取的；有衝勁的；} \\
\quad \text{攻擊的}
\end{cases}
$$

* assert〔ə'sɝt〕 *v.* 主張；聲稱，這一組主要字是 a 開頭。

$$
\begin{cases}
= \text{positive} \text{〔'pɑzətɪv〕} \textit{adj.} \text{ 肯定的；積極的} \\
= \text{pushy} \text{〔'puʃɪ〕} \textit{adj.} \text{ 有衝勁的} \\
= \text{powerful} \text{〔'pauɚfəl〕} \textit{adj.} \text{ 強有力的}
\end{cases}
$$

p 開頭

$$
\begin{cases}
= \text{forceful} \text{〔'forsfəl〕} \textit{adj.} \text{ 強有力的} \\
= \text{demanding} \text{〔dɪ'mændɪŋ〕} \textit{adj.} \text{ 要求高的；} \\
\quad \text{要求嚴格的} \\
= \text{insistent} \text{〔ɪn'sɪstənt〕} \textit{adj.} \text{ 堅持的；堅決要求的；} \\
\quad \text{固執的}
\end{cases}
$$

* forceful 接到上一組的 powerful。

這 9 個同義字背至 6 秒內，就變成直覺，終生不忘記。

UNIT
1

背完同義字，再背同義句：

> **Be assertive.**
> = Be *self-assertive*. (要有主見。)
> = Be *aggressive*. (要積極進取。)

> = Be *positive*. (要積極。)
> = Be *pushy*. (要有衝勁。)
> = Be *powerful*. (要強而有力。)

> = Be *forceful*. (要強而有力。)
> = Be *demanding*. (要嚴格要求。)
> = Be *insistent*. (要堅持。)

要成功，一定要有衝勁，要有主見、積極。

---

6. Be an expert in your field.
(要成為你那個領域的專家。)

> **expert** 〔'ɛkspɝt 〕 *n.* 專家
> = authority 〔 ə'θɔrətɪ 〕 *n.* 權威者；大師
> = specialist 〔'spɛʃəlɪst 〕 *n.* 專家

> = master 〔'mæstɚ 〕 *n.* 大師
> = star 〔 stɑr 〕 *n.* 明星；精通者
> = prominent figure 〔'prɑmənənt 'fɪgjɚ 〕 *n.* 傑出人才；
> 　佼佼者

> = the best　最好的
> = the dominant force　主力

$\left\{\begin{array}{l}\end{array}\right.$ = the top dog 最強的
= the leading figure 領導人物

*dominant〔'dɑmənənt〕*adj.* 支配的；佔優勢的
force〔fors〕*n.* 有力量者 *top dog* 勝利者；最強者
leading〔'lidɪŋ〕*adj.* 領導的；一流的；卓越的
figure〔'fɪgjə〕*n.* 人物

背完同義字，再背同義句：

$\left\{\begin{array}{l}\end{array}\right.$ **Be an expert in your field.**
= Be *an authority* in your field.
（要成為你那個領域的權威。）
= Be *a specialist* in your field.
（要成為你那個領域的專家。）

$\left\{\begin{array}{l}\end{array}\right.$ = Be *a master* in your field.
（要成為你那個領域的大師。）
= Be *a star* in your field.
（要成為你那個領域的明星。）
= Be *a prominent figure* in your field.
（要成為你那個領域的傑出人才。）

$\left\{\begin{array}{l}\end{array}\right.$ = Be *the best* in your field.
（在你的領域要成為最好的。）
= Be *the dominant force* in your field.
（在你的領域要成為主力。）

$\left\{\begin{array}{l}\end{array}\right.$ = Be *the top dog* in your field.
（在你的領域要成為最強的。）
= Be *the leading figure* in your field.
（在你的領域要成為領導人物。）

7. Select a good mentor.
（要選擇一位良師。）

mentor〔'mɛntɚ〕*n.* 良師

（也有美國人唸成〔'mɛntɔr〕）

= tutor〔'tjutɚ〕*n.* 家教；教師

= instructor〔ɪn'strʌktɚ〕*n.* 指導者；老師

* 這三個字字尾都是 tor，唸成 /tɚ/。

= master〔'mæstɚ〕*n.* 師父

= teacher〔'titʃɚ〕*n.* 老師

= trainer〔'trenɚ〕*n.* 訓練者；教練

* 這三個字結尾都是 er。master 接到上一組 /tɚ/ 的發音。

= adviser〔əd'vaɪzɚ〕*n.* 顧問；指導老師

= coach〔kotʃ〕*n.* 教練

= guide〔gaɪd〕*n.* 指導者

* adviser 接到上一組的 er。

這 9 個字背至 5 秒，就終生不忘記。

背完同義字，再背同義句：

Select a good mentor.

= Select a good *tutor*.（要選擇一位好老師。）

= Select a good *instructor*.（要選擇一位良師。）

$\left\{\begin{array}{l}\end{array}\right.$ = Select a good *master*. (要選擇一位好的師父。)

= Select a good *teacher*. (要選擇一位好老師。)

= Select a good *trainer*. (要選擇一位好的教練。)

$\left\{\begin{array}{l}\end{array}\right.$ = Select a good *adviser*. (要選擇一位好的指導老師。)

= Select a good *coach*. (要選擇一位好的教練。)

= Select a good *guide*. (要選擇一位好的指導者。)

8. Seek feedback. (要尋求他人的意見。)

先熟背下面 4 個單字，再背 6 個同義句。

$\left\{\begin{array}{l}\end{array}\right.$ **feedback** ('fid,bæk) *n.* 回饋；反應；意見

= evaluation (I,vælju'eʃən) *n.* 評估；評價

$\left\{\begin{array}{l}\end{array}\right.$ = assessment (ə'sɛsmənt) *n.* 評估；評價

= judgment ('dʒʌdʒmənt) *n.* 判斷；意見

背完同義字，再背同義句：

$\left\{\begin{array}{l}\end{array}\right.$ **Seek feedback.**

= Seek *evaluation*. (要尋求他人的評價。)

= Seek *assessment*. (要尋求他人的評價。)

$\left\{\begin{array}{l}\end{array}\right.$ = Seek *judgment*. (要尋求他人的意見。)

= Seek *constructive criticism*.

(要尋求有建設性的批評。)

= Seek *useful suggestions*. (要尋求有用的建議。)

* constructive〔kən'strʌktɪv〕*adj.* 有建設性的
criticism〔'krɪtə,sɪzəm〕*n.* 批評
suggestion〔sə(g)'dʒɛstʃən〕*n.* 建議

美國人做完某件事後，通常會徵求別人的意見，說：
Give me some feedback.（給我一些意見。）feedback
主要意思是「回饋；反應」，在這裡當「意見」解。

9. Only those who persist will succeed.
（唯有堅持到底的人才會成功。）

persist〔pɚ'sɪst〕*v.* 堅持；堅忍
= persevere〔,pɝsə'vɪr〕*v.* 堅忍；不屈不撓
= endure〔ɪn'djʊr〕*v.* 忍耐；持續；持久

= stick it out　堅持到底
= stick to it　堅持
= stick to *one's* guns　堅持立場；不屈服

* 這三個片語中的動詞都是 stick。stick to「堅持；黏著；貼著」，stick to *one's* guns 字面的意思是「手貼著某人的槍」，引申為「堅持立場；不屈服」。

= stand firm　站穩；堅定不屈【firm〔fɝm〕*adv.* 穩固地；堅定地】
= stand fast　站穩；堅定【fast 在這裡作「緊緊地；牢固地」解】
= hang in there　堅持下去；堅忍不拔

* hang in there 的來源，詳見「一口氣背會話」p.698。

*　　*　　*

$\left\{\begin{array}{l} \text{= keep going 繼續走；堅持} \\ \text{= keep on trying 持續努力} \\ \text{= keep at it 堅持下去；加油} \end{array}\right.$

* 這三組動詞都用 keep。

keep on 持續　　***keep at*** 努力不懈地做；熱心地做

$\left\{\begin{array}{l} \text{= be determined ﹝ dɪ'tɜmɪnd ﹞ } adj. \text{ 有決心的；堅決的} \\ \text{= be resolved ﹝ rɪ'zalvd ﹞ } adj. \text{ 下定決心的} \\ \text{= be resolute ﹝'rɛzəˌlut ﹞ } adj. \text{ 堅決的；不屈不撓的} \end{array}\right.$

* 這三組都是 be + 形容詞。

resolve ﹝ rɪ'zalv ﹞ *v.* 決定；決心；解決

這 15 個背到 8 秒內，就終生不忘記。

背完同義字，再背同義句：

$\left\{\begin{array}{l} \textbf{Only those who persist will succeed.} \\ \text{= Only those who } \textbf{\textit{persevere}} \text{ will succeed.} \\ \text{（唯有堅持到底的人才會成功。）} \\ \text{= Only those who } \textbf{\textit{endure}} \text{ will succeed.} \\ \text{（唯有堅忍到底的人才會成功。）} \end{array}\right.$

$\left\{\begin{array}{l} \text{= Only those who } \textbf{\textit{stick it out}} \text{ will succeed.} \\ \text{（唯有堅持到底的人才會成功。）} \\ \text{= Only those who } \textbf{\textit{stick to it}} \text{ will succeed.} \\ \text{（唯有堅持的人才會成功。）} \\ \text{= Only those who } \textbf{\textit{stick to their guns}} \text{ will succeed.} \\ \text{（唯有堅持立場的人才會成功。）} \end{array}\right.$

= Only those who ***stand firm*** will succeed.

（唯有堅定不屈的人才會成功。）

= Only those who ***stand fast*** will succeed.

（唯有堅定的人才會成功。）

= Only those who ***hang in there*** will succeed.

（唯有堅忍不拔的人才會成功。）

* * *

= Only those who ***keep going*** will succeed.

（唯有堅持的人才會成功。）

= Only those who ***keep on trying*** will succeed.

（唯有持續努力的人才會成功。）

= Only those who ***keep at it*** will succeed.

（唯有堅持的人才會成功。）

= Only those who ***are determined*** will succeed.

（唯有下定決心的人才會成功。）

= Only those who ***are resolved*** will succeed.

（唯有下定決心的人才會成功。）

= Only those who ***are resolute*** will succeed.

（唯有不屈不撓的人才會成功。）

這15個同義句很重要，能夠激勵人心，可用在日常會話、演講，和作文中。

UNIT 1

III. 短篇演講：用所背過的 9 個關鍵句，加上開場白、轉承語和結尾，就可組成短篇演講。

Ladies and gentlemen.（各位先生，各位女士。）
We all want to make it big.（我們都想出人頭地。）
But how do we get there?（但要如何才能成功？）

First of all, you must have a goal.
（首先，你必須要有目標。）
It must be crystal clear.
（它必須很明確。）
It must be your passion.
（它必須是你熱愛的。）

Second, be confident.（第二，要有信心。）
Be assertive.（要有衝勁。）
Be an expert in your field.（要成為你那個領域的專家。）

Third, select a good mentor.（第三，要選擇一位良師。）
Seek feedback.（要尋求他人的意見。）
Only those who persist will succeed.
（唯有堅持到底的人才會成功。）

Thank you for being here today.
（謝謝你們今天來到這裡。）
I hope your dreams will come true.
（我希望大家的夢想都能實現。）
Thanks ever so much.（非常感謝大家。）

IV. **長篇演講**：背完同義字和同義句，就可發表長篇演講。

The Way to Success
（成功之道）

Greetings, one and all.	大家好。【Greetings 的用法，詳見「一口氣背演講」p.73】
Everyone wants to be successful.	每個人都想成功。
But of course, getting there is difficult.	但是，要成功當然很困難。
First of all, you must have a goal.	首先，你必須要有目標。
You must have a target and a purpose.	你必須有個目標和目的。
Choose an aim.	要選擇一個目標。
You need a solid plan.	你需要有明確的計劃。
You should have an ambition.	你應該要有抱負。
You should have the intention to reach the destination.	你應該要有達到目的的企圖心。
Second, your goal must be crystal clear.	第二，你的目標必須非常明確。
It must be clear-cut.	它必須很清楚。
Make sure it's clearly defined.	要確定它是非常清楚的。
Be definite, distinct, and explicit.	要非常明確而且清楚。
Be precise, plain, and simple.	要精確而且清楚明白。
Keep things cut and dried.	要讓事情很確定。
Third, the goal must be your passion.	第三，這個目標必須是你熱愛的。
It must be what you're interested in.	它必須是你感興趣的。
We all need to love what we do.	我們都必須愛我們所做的。

Do what you love.	要做你所喜愛的。
Don't just work for money.	不要只是爲了錢而工作。
Money should come from your passion.	錢應該來自於你所熱愛的。
Fourth, be confident.	第四，要有信心。
Be self-confident.	要有自信。
Be self-reliant.	要靠自己。
Be self-assured.	要有自信。
Be sure of yourself.	要有自信。
You must be bold, daring, and fearless.	你必須大膽、勇敢，而且無所畏懼。
Fifth, be assertive.	第五，要有衝勁。
Be self-assertive.	要有主見。
Be aggressive and positive.	要積極進取並且樂觀。
Be powerful.	要強而有力。
Be forceful.	要強而有力。
Be insistent in pursuing what you want.	要堅持追求你想要的。
Sixth, try to be an expert.	第六，要努力當個專家。
Be an authority and specialist.	要成爲權威和專家。
You must become a master and star.	你必須成爲大師和明星。
Be the best.	要成爲最好的。
Be a dominant force.	要成爲主力。
Be a leading figure in your field.	要成爲你那個領域的領導人物。

Seventh, select a good mentor.	第七，要選擇一位良師。
Learn from the best tutor.	要向最好的老師學習。
Seek good instructors.	要尋求良師。
Study with a master.	要向大師學習。
Work with a trainer.	要和教練合作。
Trust in your coach.	要信任你的教練。
Eighth, seek feedback.	第八，要尋求他人的意見。
Look for evaluation.	要尋找他人的評價。
You can't improve without assessment.	沒有別人的評價，你無法改進。
Accept judgement.	要接受別人的意見。
Ask for constructive criticism.	要求別人給有建設性的批評。
Stay open to useful suggestions.	要願意接受有用的建議。
Ninth, keep going.	第九，要堅持。
Keep on trying.	要持續努力。
Only those who persist will succeed.	唯有堅持到底的人才會成功。
Hang in there.	要堅持下去。
Stick to your guns.	要堅持立場。
Only those who are determined, resolute, and resolved will reach their goals.	唯有非常堅決的人才能達成目標。
Thank you for listening.	謝謝你們聽我演講。
I hope you fulfill your dreams.	我希望你們能實現你們的夢想。
I wish you all the best.	祝大家萬事如意。

UNIT 1

V. **短篇作文**：用背過的9個關鍵句，和部份同義句，加上轉承語，就可寫出精彩作文。

The Way to Success

Everybody wants to be successful, but how do we get there? We must take some steps to improve ourselves. *First of all*, we must have a goal. It must be crystal clear. It must be our passion. We must do what we love and love what we do. *Second*, we should be confident and assertive. We have to believe in ourselves.

In addition, we should be ready. We should be determined to become an expert in our field. *Most important of all*, we have to select a good mentor. We must follow the best and seek feedback. We can never be afraid to ask. *Last but not least*, we need to keep on trying and stick to our guns. Only those who persist will succeed.

【中文翻譯】

成功之道

大家都想要成功，但我們如何才能辦到？我們必須採取一些步驟，來提升自己。首先，我們必須要有目標。它必須非常明確。它必須是我們所熱愛的。我們必須做自己所喜歡做的，並愛自己所做的。其次，我們應該要有信心，並且有衝勁。我們必須信任自己。

此外，我們應該做好準備。我們應該要下定決心，成為我們那個領域的專家。最重要的是，我們必須選擇一位良師。我們必須跟著最好的走，並尋求他人的意見。我們絕不能害怕發問。最後一項要點是，我們必須持續努力，並堅持立場。唯有堅持到底的人才會成功。

VI. **長篇作文**：背完同義字和同義句，肚子有貨，才能寫出長篇作文。

The Way to Success

Almost everybody wants to be successful. Nobody wants to be a failure. But achieving success is much more difficult than you might think. *Fortunately*, there are some simple steps to improving ourselves.

To begin with, you must have a goal. You must have a purpose. The most important part of success is choosing an objective. No matter what you do, you need a solid plan and you must follow it through to the end.

Next, be precise in everything that you do. Be specific in your ambitions. *Furthermore*, it must be your passion. *In other words*, if you do what you love and love what you do, big money will follow. *After this*, be confident and self-assured. To succeed

you must be bold, courageous and fearless.
Additionally, being assertive, positive, and aggressive
will produce results.

　　Meanwhile, you must become an expert in your
field. To become a dominant force, you must select
a good mentor. Learn from the best teachers. Seek
a good instructor. Study with a master. *Moreover*,
you must seek feedback. You can't improve without
evaluation. Regular assessment will provide you
with constructive criticism.

　　Finally, only those who persist will succeed.
Only those who persevere will reach success. Stick
to your guns, hang in there and keep on trying. Only
those who are determined, resolute and resolved
will reach their goals. *In conclusion*, follow these
simple instructions and you will certainly find your
way to success.

【中文翻譯】

成功之道

　　幾乎每個人都想成功，沒有人想失敗。但是成功比你想
像的要困難得多。幸運的是，要提升自己，有一些簡單的步
驟。

首先，你必須要有目標。你必須要有目的。成功最重要的，就是要選擇一個目標。無論你做什麼，都需要有個明確的計劃，並且必須貫徹到底。

其次，做每一件事都必須精確。要有明確的抱負。此外，它必須是你所熱愛的。換句話說，如果你做自己喜愛的事，並愛你所做的，自然會賺大錢。然後，要有信心，並且要有自信。如果要成功，你必須大膽、有勇氣，而且無所畏懼。此外，有衝勁、樂觀，而且積極進取，一定會有成果。

同時，你必須成為你那個領域的專家。要成為主力，你必須選擇一位良師。要向最好的老師學習。要尋求一位好的老師。要跟師父學習。而且，你必須尋求他人的意見。沒有別人的評價，你無法進步。定期的評價能提供你有建設性的批評。

最後，唯有堅持到底的人才會成功。唯有不屈不撓的人才會成功。要堅持你的立場，堅忍不拔，而且持續努力。唯有非常堅決的人才能達到目標。總之，如果你能遵守這些簡單的指示，你一定能找到你的成功之道。

【註釋】

failure〔'feljɚ〕*n.* 失敗的人

a step to N./V-ing …的步驟　　solid〔'salɪd〕*adj.* 確實的

follow through 把…貫徹到底

regular〔'rɛgjəlɚ〕*adj.* 定期的　　follow〔'falo〕*v.* 遵守

instructions〔ɪn'strʌkʃənz〕*n. pl.* 指示

Unit 1 同義字整理

UNIT
1

※重複地背，不斷地使用，單字能快速增加。

1. goal〔gol〕n. 目標
= target〔'tɑrgɪt〕n. 目標；
標靶
= purpose〔'pɝpəs〕n. 目的；
目標

= aim〔em〕n. 目標；目的
= plan〔plæn〕n. 計畫；規劃
= objective〔əb'dʒɛktɪv〕n.
目標；目的 adj. 客觀的

= intention〔ɪn'tɛnʃən〕n.
意圖；目的
= ambition〔æm'bɪʃən〕n.
抱負；雄心；野心；目標
= destination〔,dɛstə'neʃən〕
n. 目的地；目的

2. crystal clear 非常清楚的；
一清二楚
= clear-cut〔,klɪr'kʌt〕adj.
清楚的；明白的
= clear〔klɪr〕adj. 清楚的；
明白的；明確的

= clearly defined 很清楚的
= well defined 很清楚的
= defined〔dɪ'faɪnd〕adj.
確立的；清楚的

= definite〔'dɛfənɪt〕adj. 明確的
= distinct〔dɪ'stɪŋkt〕adj.
明白的；清楚的；明確的
= explicit〔ɪk'splɪsɪt〕adj.
明白的；清楚的

＊　＊　＊

= precise〔prɪ'saɪs〕adj. 精確的；
明確的
= plain〔plen〕adj. 明白的；
清楚的
= plain and simple 清楚明白的

= simple〔'sɪmpl̩〕adj. 簡單的
= specific〔spɪ'sɪfɪk〕adj.
明確的；清楚的；特定的
= straightforward〔,stret'fɔrwɚd〕
adj. 直接的；清楚的

= black and white 白紙黑字的；
明白的
= cut and dried 已成定局；
不容更改；已確定的
= unmistakable〔,ʌnmə'stekəbl̩〕
adj. 不會弄錯的；明確的；清楚明
白的

UNIT
1

3. **It must be our passion.**
   它必須是我們熱愛的。
   = It must be what we love.
   它必須是我們所喜愛的。
   = It must be what we are
   interested in.
   它必須是我們感興趣的。

4. **confident** (ˈkɑnfədənt)
   adj. 有信心的
   = self-confident
   (ˌsɛlfˈkɑnfədənt) *adj.* 有自
   信的
   = self-reliant (ˌsɛlfrɪˈlaɪənt)
   adj. 靠自己的；自立的

   = self-assured (ˌsɛlfəˈʃʊrd)
   adj. 有自信的
   = assured (əˈʃʊrd) *adj.* 有自
   信的
   = sure of *oneself* 有自信的

   = bold (bold) *adj.* 大膽的；
   勇敢的
   = daring (ˈdɛrɪŋ) *adj.* 大膽
   的；勇敢的
   = fearless (ˈfɪrlɪs) *adj.* 無畏
   的；大膽的

5. **assertive** (əˈsɜtɪv) *adj.*
   有衝勁的；果斷的；有主見的；
   過分自信的
   = self-assertive (ˌsɛlfəˈsɜtɪv)
   adj. 有主見的；自做主張的
   = aggressive (əˈgrɛsɪv) *adj.*
   積極進取的；有衝勁的；攻擊的

   = positive (ˈpɑzətɪv) *adj.*
   肯定的；積極的
   = pushy (ˈpʊʃɪ) *adj.* 有衝勁的
   = powerful (ˈpaʊəfəl) *adj.*
   強有力的

   = forceful (ˈforsfəl) *adj.*
   強有力的
   = demanding (dɪˈmændɪŋ)
   adj. 要求高的；要求嚴格的
   = insistent (ɪnˈsɪstənt) *adj.*
   堅持的；堅決要求的；固執的

6. **expert** (ˈɛkspɜt) *n.* 專家
   = authority (əˈθɔrətɪ)
   n. 權威者；大師
   = specialist (ˈspɛʃəlɪst) *n.* 專家

   = master (ˈmæstə) *n.* 大師
   = star (stɑr) *n.* 明星；精通者
   = prominent figure
   (ˈprɑmənənt ˈfɪgjə) *n.* 傑出
   人才；佼佼者

$\left\{\begin{array}{l}\text{= the best 最好的}\\\text{= the dominant force 主力}\end{array}\right.$

$\left\{\begin{array}{l}\text{= the top dog 最強的}\\\text{= the leading figure 領導人物}\end{array}\right.$

7. $\left\{\begin{array}{l}\textbf{mentor}\ (\ \text{'mɛntɚ}\ )\ n.\ 良師\\\text{= tutor ('tjutɚ) } n.\ 家教；教師\\\text{= instructor (ɪn'strʌktɚ) } n.\\\quad\text{指導者；老師}\end{array}\right.$

$\left\{\begin{array}{l}\text{= master ('mæstɚ) } n.\ 師父\\\text{= teacher ('titʃɚ) } n.\ 老師\\\text{= trainer ('trenɚ) } n.\ 訓練者；\\\quad\text{教練}\end{array}\right.$

$\left\{\begin{array}{l}\text{= adviser (əd'vaɪzɚ) } n.\ 顧問；\\\quad\text{指導老師}\\\text{= coach (kotʃ) } n.\ 教練\\\text{= guide (gaɪd) } n.\ 指導者\end{array}\right.$

8. $\left\{\begin{array}{l}\textbf{feedback}\ (\ \text{'fid,bæk}\ )\ n.\\\quad\text{回饋；反應；意見}\\\text{= evaluation (ɪ,vælju'eʃən) } n.\\\quad\text{評估；評價}\end{array}\right.$

$\left\{\begin{array}{l}\text{= assessment (ə'sɛsmənt) } n.\\\quad\text{評估；評價}\\\text{= judgment ('dʒʌdʒmənt) } n.\\\quad\text{判斷；意見}\end{array}\right.$

9. $\left\{\begin{array}{l}\textbf{persist}\ (\ \text{pɚ'sɪst}\ )\ v.\ 堅持；\\\quad\text{堅忍}\\\text{= persevere (,pɝsə'vɪr) } v.\\\quad\text{堅忍；不屈不撓}\\\text{= endure (ɪn'djur) } v.\ 忍耐；\\\quad\text{持續；持久}\end{array}\right.$

$\left\{\begin{array}{l}\text{= stick it out 堅持到底}\\\text{= stick to it 堅持}\\\text{= stick to } one's \text{ guns 堅持立}\\\quad\text{場；不屈服}\end{array}\right.$

$\left\{\begin{array}{l}\text{= stand firm 站穩；堅定不屈}\\\text{= stand fast 站穩；堅定}\\\text{= hang in there 堅持下去；}\\\quad\text{堅忍不拔}\end{array}\right.$

* * *

$\left\{\begin{array}{l}\text{= keep going 繼續走；堅持}\\\text{= keep on trying 持續努力}\\\text{= keep at it 堅持下去；加油}\end{array}\right.$

$\left\{\begin{array}{l}\text{= be determined (dɪ'tɝmɪnd)}\\\quad adj.\ 有決心的；堅決的\\\text{= be resolved (rɪ'zɑlvd) } adj.\\\quad\text{下定決心的}\\\text{= be resolute ('rɛzə,lut) } adj.\\\quad\text{堅決的；不屈不撓的}\end{array}\right.$

Unit 2 Making an Introduction
介紹他人

I. 先背 **9** 個核心關鍵句：

She's dependable.
She's bright.
She's organized.

She has charm.
She has expertise.
She is a hard worker.

I like her attitude.
Her work ethic is outstanding.
People like to hang around with her.

　　Unit 2 用來介紹他人（**Making an Introduction**），
介紹一個好人，可先稱讚說：她很可靠（**She's
dependable**.），她很聰明（She's bright.），她做事情
很有條理（She's organized.），她很有魅力（**She has
charm**.），她具有專業知識（She has expertise.）。

最重要的是，要說她工作很努力（She is a hard worker.），我喜歡她的工作態度（**I like her attitude**.），她非常有職業道德（Her work ethic is outstanding.），大家都喜歡和她在一起（People like to hang around with her.）。

UNIT 2

II. 背關鍵句中的同義字：

> # 1. She's dependable. （她很可靠。）

dependable〔dɪ'pɛndəbļ〕*adj.* 可靠的
= reliable〔rɪ'laɪəbļ〕*adj.* 可靠的
= responsible〔rɪ'spɑnsəbļ〕*adj.* 負責任的；可靠的

* 三個字都是 able 或 ible 結尾，前兩個字來自動詞 depend（依靠）和 rely（依靠），「可以依靠的」，就是「可靠的」。

= stable〔'stebļ〕*adj.* 穩定的　　　* 配合上一組 ble 字尾排列
= steady〔'stɛdɪ〕*adj.* 穩定的；可靠的；認真的
= solid〔'sɑlɪd〕*adj.* 固體的；穩定的；可靠的

* 這三個字都是 s 開頭，都有「穩定的」之意，「穩定」即「可靠」。

= faithful〔'feθfəl〕*adj.* 忠實的；可靠的
= truthful〔'truθfəl〕*adj.* 真實的；誠實的
= dutiful〔'djutɪfəl〕*adj.* 忠於職守的；盡職的

* 這三個字都是 ful 結尾，「忠實」、「真實」，「盡職」就很「可靠」。

這 9 個同義字背至 5 秒內，終生不忘記。

背完同義字，再背同義句：

> **She's dependable**.
> = She's *reliable*. (她很可靠。)
> = She's *responsible*. (她很負責任。)

> = She's *stable*. (她很穩定。)
> = She's *steady*. (她很穩定。)
> = She's *solid*. (她很穩定。)

> = She's *faithful*. (她很忠實。)
> = She's *truthful*. (她很真實。)
> = She's *dutiful*. (她很盡職。)

在中文裡的「負責」、「穩定」、「忠實」、
「真實」、「盡職」都是「可靠」的同義詞。

UNIT
2

---

2. She's bright. (她很聰明。)

> **bright**〔braɪt〕*adj.* 聰明的；明亮的；燦爛的
> = brilliant〔ˈbrɪljənt〕*adj.* 聰明的；有才華的；明亮的
> = brainy〔ˈbrenɪ〕*adj.* 有頭腦的；聰明的
>
> * 這三個字都是 br 開頭。

> = smart〔smɑrt〕*adj.* 聰明的
> = sharp〔ʃɑrp〕*adj.* 敏銳的；聰明的
> = clever〔ˈklɛvɚ〕*adj.* 聰明的
>
> * 前兩個字是 s 開頭。

= intelligent〔ɪn'tɛlədʒənt〕*adj.* 聰明的

= inventive〔ɪn'vɛntɪv〕*adj.* 有發明才能的

= ingenious〔ɪn'dʒinɪəs〕*adj.* 有發明才能的；
　頭腦靈敏的

＊這三個字都是 in 開頭。genius〔'dʒinɪəs〕*n.* 天才，
　它的形容詞很特別，是 ingenious，但要注意拼字。

＊　　＊　　＊

= able〔'ebḷ〕*adj.* 有能力的；能幹的

= capable〔'kepəbḷ〕*adj.* 有能力的；能幹的

= knowledgeable〔'nɑlɪdʒəbḷ〕*adj.* 知識豐富的；
　聰明的

＊這三個字字尾都是 able。通常聰明的人都很「能幹」。

= gifted〔'gɪftɪd〕*adj.* 有天分的

= talented〔'tæləntɪd〕*adj.* 有天分的；有才能的

= competent〔'kɑmpətənt〕*adj.* 有能力的；能幹的

＊前兩個字都是「有天分的」，字尾是 ed。

= skillful〔'skɪlfəl〕*adj.* 技術純熟的；靈巧的

= resourceful〔rɪ'sorsfəl〕*adj.* 足智多謀的；
　有應變能力的

= innovative〔'ɪnəvetɪv〕*adj.* 創新的

＊前兩個字是 ful 結尾。

這 18 個同義字背至 10 秒內，就終生不忘記。

背完同義字，再背同義句：

> **She's bright.**
> = She's *brilliant*. (她很聰明。)
> = She's *brainy*. (她很有頭腦。)

> = She's *smart*. (她很聰明。)
> = She's *sharp*. (她很聰明。)
> = She's *clever*. (她很聰明。)

> = She's *intelligent*. (她很聰明。)
> = She's *inventive*. (她很有創意。)
> = She's *ingenious*. (她頭腦靈活。)

*　　*　　*

> = She's *able*. (她很能幹。)
> = She's *capable*. (她很有能力。)
> = She's *knowledgeable*. (她知識豐富。)

> = She's *gifted*. (她很有天份。)
> = She's *talented*. (她很有天份。)
> = She's *competent*. (她很有能力。)

> = She's *skillful*. (她很熟練。)
> = She's *resourceful*. (她足智多謀。)
> = She's *innovative*. (她很有創意。)

聰明的 = 有頭腦的 = 有創意的 = 能幹的 = 有能力的
= 知識豐富的 = 有天分的 = 熟練的 = 足智多謀的，
中文裡的同義字和英文一樣，大同小異。

3. She's organized. (她做事情很有條理。)

> **organized**〔'ɔrgən,aızd〕*adj.* 有組織的；有條理的；
> 有秩序的
> = orderly〔'ɔrdəlı〕*adj.* 整齊的；有條理的
> = neat〔nit〕*adj.* 整齊的

* 前兩個字都是 or 開頭。

> = precise〔prı'saıs〕*adj.* 精確的；一絲不苟的
> = particular〔pə'tıkjələ〕*adj.* 特別的；講究的；
> 一絲不苟的
> = methodical〔mə'θɑdıkl̩〕*adj.* 有方法的；有條理的

* 前兩個字是 p 開頭。

> = thorough〔'θɝo〕*adj.* 徹底的；
> 準確的；一絲不苟的
> = tidy〔'taıdı〕*adj.* 整齊的；有條理的
> = systematic〔,sıstə'mætık〕*adj.*
> 有系統的；有條理的

* 前兩個字是 t 開頭。

這9個字是經過精心排列的，背至5秒內，終生不忘記。

背完同義字，再背同義句：

> **She's organized.**
> = She's ***orderly***. (她做事情很有條理。)
> = She's ***neat***. (她愛整潔。)

= She's *precise*. (她做事情一絲不苟。)
= She's *particular*. (她做事情很講究。)
= She's *methodical*. (她做事情有方法。)

= She's *thorough*.
   (她做事情很徹底。)
= She's *tidy*. (她做事情很有條理。)
= She's *systematic*.
   (她做事情很有系統。)

熟讀句子自然知道
單字的用法。用背
過的句子寫出來或
說出來都有信心。

UNIT
2

4. She has charm. (她很有魅力。)

charm〔tʃɑrm〕*n.* 魅力；吸引力
= charisma〔kə'rɪzmə〕*n.* 領袖的魅力；領導能力
= personality〔ˌpɝsṇ'æləti〕*n.* 個性；魅力
   * charisma 這個字雖然超出 7000 字範圍，但很常用。
   charming〔'tʃɑrmɪŋ〕*adj.* 迷人的

= attraction〔ə'trækʃən〕*n.* 吸引力；魅力
= appeal〔ə'pil〕*n.* 吸引力；魅力
= magnetism〔'mægnəˌtɪzəm〕*n.* 磁性；吸引力；魅力
   * magnet〔'mægnɪt〕*n.* 磁鐵

這6個同義字背至3秒內，終生不忘記。

背完同義字，再背同義句：

She has charm.
= She has *charisma*. (她有領袖的魅力。)
= She has *personality*. (她很有個人魅力。)

UNIT 2

　= She has *attraction*. (她很有吸引力。)
　= She has *appeal*. (她很有吸引力。)
　= She has *magnetism*. (她很有吸引力。)

在中文裡，魅力 = 領袖魅力 = 個人魅力 = 吸引力。

5. She has expertise. (她具有專業知識。)

　　expertise〔͵ɛkspɚ'tiz〕 *n.* 專業知識；專業技術；專長
　= experience〔ɪk'spɪrɪəns〕 *n.* 經驗
　= skill〔skɪl〕 *n.* 技術；技巧；本事

　= knowledge〔'nɑlɪdʒ〕 *n.* 知識
　= know-how〔'no͵haʊ〕 *n.* 專門知識；技術
　= ability〔ə'bɪlətɪ〕 *n.* 能力；技巧；本事

　= intelligence〔ɪn'tɛlədʒəns〕 *n.* 智慧；智力；聰明
　= ingenuity〔͵ɪndʒə'nuətɪ〕 *n.* 發明的才能；智慧
　= proficiency〔prə'fɪʃənsɪ〕 *n.* 精通；熟練；能力；
　　技術 (一般字典無「能力」、「技術」解釋)

* English proficiency test 英語能力檢定
　GEPT 全民英檢 (= *General English Proficiency Test*)

這九個字經過精心排列，第一組前兩個字都是 exper
開頭，第二組前兩個字都是 know 開頭，第三組前兩
個字都是 in 開頭。

背完同義字，再背同義句：

> She has expertise.
> = She has *experience*. (她有經驗。)
> = She has *skill*. (她有技術。)

> = She has *knowledge*. (她有知識。)
> = She has *know-how*. (她有專業知識。)
> = She has *ability*. (她有能力。)

> = She has *intelligence*. (她很聰明。)
> = She has *ingenuity*. (她很有智慧。)
> = She has *proficiency*. (她很熟練。)

在中文裡，專業知識＝經驗＝技術＝能力
＝聰明＝智慧＝熟練，單字意思不完全相
同，更能用於長篇演講和作文中。

6. She is a hard worker. (她工作很努力。)

She is a hard worker. 的同義句是 She is persistent.
我們先背 persistent 的同義字，再背 a hard worker 的同
義片語。

> **persistent** ﹝ pəˋsɪstənt ﹞ *adj.* 持久的；堅忍的；
> 百折不撓的
> = persevering ﹝ˌpɝsəˋvɪrɪŋ ﹞ *adj.* 堅忍不拔的；
> 不屈不撓的
> = productive ﹝ prəˋdʌktɪv ﹞ *adj.* 有生產力的；有收穫的

= hardworking〔'hɑrd,wɜkɪŋ〕adj. 工作努力的；
勤奮的
= laborious〔lə'borɪəs〕adj. 勤勉的
= conscientious〔,kɑnʃɪ'ɛnʃəs〕adj. 有良心的；
負責盡職的

＊ conscience〔'kɑnʃəns〕n. 良心

這9個同義字背至5秒內，終生不忘記。

背完同義字，再背同義句：

She is persistent.（她堅忍不拔。）
= She is *persevering*.（她不屈不撓。）
= She is *productive*.（她很有生產力。）

= She is *hardworking*.（她很勤奮。）
= She is *laborious*.（她很勤勉。）
= She is *conscientious*.（她負責盡職。）

＊　　＊　　＊

hard worker　努力工作的人
= go-getter　能手；幹勁十足的人
= can-do type　有幹勁的人

＊ can-do　adj. 有幹勁的　　type〔taɪp〕n. …類型的人

She is a hard worker.（她工作很努力。）
= She is a go-getter.（她幹勁十足。）
= She is a can-do type.（她很有幹勁。）

7. I like her attitude.
（我喜歡她的工作態度。）

> **attitude**〔'ætə,tjud〕*n.* 態度
> = approach〔ə'protʃ〕*n.* 方法；手段；步驟
> = disposition〔,dɪspə'zɪʃən〕*n.* 性情；氣質；天性

＊前兩個字都是 a 開頭。

> = manner〔'mænɚ〕*n.* 態度；樣子；舉止；方式
> = mood〔mud〕*n.* 心情；情緒；意向
> = stance〔stæns〕*n.* 態度；立場

＊前兩個字都是 m 開頭。

> = outlook〔'aut,luk〕*n.* 展望；看法；見解；觀點
> = perspective〔pɚ'spɛktɪv〕*n.* 看法；眼光
> = point of view 觀點

＊後兩個都是 p 開頭。

這 9 個背至 5 秒內，終生不忘記。

背完同義字，再背同義句：

> **I like her attitude.**
> = I like her *approach*.（我喜歡她的做事方法。）
> = I like her *disposition*.（我喜歡她的氣質。）

> = I like her *manner*.（我喜歡她的工作態度。）
> = I like her *mood*.（我喜歡她的心態。）
> = I like her *stance*.（我喜歡她的態度。）

= I like her *outlook*. (我喜歡她的觀點。)

= I like her *perspective*. (我喜歡她對事物的看法。)

= I like her *point of view*.

(我喜歡她的觀點。)

美國人喜歡用
I like … 這個句型。

mood 這個字主要作「心情；情緒」解，
在這裡是指「心態」。背完同義字之後，
再背句子比較簡單，之後再聽 MP3，聽
多了，就能脫口而出。

8. Her work ethic is outstanding.
(她非常有職業道德。)

* ethic〔'ɛθɪk〕*n.* 道德

outstanding〔'aʊt'stændɪŋ〕*adj.* 傑出的；很棒的

= excellent〔'ɛkslənt〕*adj.* 優秀的；很棒的

= exceptional〔ɪk'sɛpʃənl̩〕*adj.* 例外的；非凡的；很棒的

* 後兩個字為 ex 開頭。

= superb〔sʊ'pɝb〕*adj.* 極好的

= splendid〔'splɛndɪd〕*adj.* 壯麗的；極好的

= marvelous〔'mɑrvl̩əs〕*adj.* 令人驚嘆的；出色的；
很棒的

* 前兩個字都是 s 開頭，第三個字 marvel<u>ous</u> 接到下一組
fabul<u>ous</u>。

*　　*　　*

= fabulous〔'fæbjələs〕*adj.* 極好的；很棒的
= fantastic〔fæn'tæstɪk〕*adj.* 幻想的；極好的；很棒的
= awesome〔'ɔsəm〕*adj.* 令人敬畏的；很棒的

* 前兩個字是 fa 開頭，第 3 個 a 接到下一組 admirable。

UNIT 2

= admirable〔'ædmərəbḷ〕*adj.* 值得稱讚的；令人
　欽佩的；絕佳的【注意重音】
= remarkable〔rɪ'mɑrkəbḷ〕*adj.* 驚人的；顯著的；
　卓越的；出眾的
= terrific〔tə'rɪfɪk〕*adj.* 驚人的；
　令人讚嘆的；極好的

不厭其煩地背單字，才不會無聊。

* 前兩個字的字尾是 able。

背完同義字，再背同義句：

Her work ethic is outstanding.
= Her work ethic is *excellent*.（她非常有職業道德。）
= Her work ethic is *exceptional*.
　（她非常有職業道德。）

= Her work ethic is *superb*.（她非常有職業道德。）
= Her work ethic is *splendid*.（她非常有職業道德。）
= Her work ethic is *marvelous*.
　（她非常有職業道德。）

*　　*　　*

{
= Her work ethic is *fabulous*.

（她非常有職業道德。）

= Her work ethic is *fantastic*.（她非常有職業道德。）

= Her work ethic is *awesome*.（她非常有職業道德。）
}

{
= Her work ethic is *admirable*.

（她的職業道德令人欽佩。）

= Her work ethic is *remarkable*.

（她非常有職業道德。）

= Her work ethic is *terrific*.（她非常有職業道德。）
}

9. People like to hang around with her.
（大家都喜歡和她在一起。）

{
hang around with *sb.* 和某人在一起

= hang out with *sb.* 和某人在一起

= be with *sb.* 和某人在一起
}

* hang around / out with *sb.* 源自於和朋友出門，帽子
掛在一起，引申爲「和某人在一起」。

{
= spend time with *sb.* 和某人在一起

= associate with *sb.* 與某人爲伍；和某人交往

= socialize with *sb.* 和某人交往
}

* associate〔ə'soʃɪˌet〕*v.* 聯想；使有關；結交；交往
socialize〔'soʃəlˌaɪz〕*v.* 從事社交活動；交際；社會化

> = make friends with *sb.* 和某人交朋友
> = be *sb.'s* friend 當某人的朋友
> = be in *sb.'s* presence 在某人面前

* presence (ˈprɛzn̩s) *n.* 出席；在場；面前

這 9 個同義片語背到 8 秒內，終生不忘記。

背完同義片語，再背同義句：

> **People like to hang around with her.**
> = People like to *hang out with her.*
> （大家都喜歡和她在一起。）
> = People like to *be with her.*
> （大家都喜歡和她在一起。）

> = People like to *spend time with her.*
> （大家都喜歡和她在一起。）
> = People like to *associate with her.*
> （大家都喜歡和她來往。）
> = People like to *socialize with her.*
> （大家都喜歡和她交往。）

> = People like to *make friends with her.*
> （大家都喜歡和她交朋友。）
> = People like to *be her friend.*
> （大家都喜歡當她的朋友。）
> = People like to *be in her presence.*
> （大家都喜歡和她在一起。）

UNIT
2

III. 短篇演講：用所背過的 9 個關鍵句，加上開場白、轉承語和結尾，就可組成短篇演講。

Ladies and gentlemen.（各位先生，各位女士。）
This is Maggie Lee.（這位是李瑪姬。）
You've all heard about her.（你們都聽說過她。）

She's dependable.（她很可靠。）
She's bright.（她很聰明。）
She's organized.
（她做事情很有條理。）

She has charm.（她很有魅力。）
She has expertise.（她具有專業知識。）
She is a hard worker.（她工作很努力。）

I like her attitude.（我喜歡她的工作態度。）
Her work ethic is outstanding.（她非常有職業道德。）
People like to hang around with her.
（大家都喜歡和她在一起。）

Ladies and gentlemen.（各位女士，各位先生。）
Here she is.（她就在這裡。）
Maggie Lee.（李瑪姬。）
Let's give her a big hand.（讓我們給她熱烈的掌聲。）

IV. **長篇演講**：背完同義字和同義句，就可發表精彩的長篇演講。

Making an Introduction
（介紹他人）

Ladies and gentleman.	各位先生，各位女士。
It's great to see all of you here.	很高興在這裡看到大家。
It's my pleasure to introduce a very special person.	我很榮幸能介紹一位非常特別的人。
Her name is Maggie Lee.	她名叫李瑪姬。
I'm sure you all know who she is.	我相信你們都知道她是誰。
But let me tell you a few things about her.	不過還是讓我告訴你們一些關於她的事。
First and foremost, Maggie is dependable.	首先，瑪姬很可靠。
She's the most reliable person I know.	她是我所認識的人當中，最可靠的。
There is no one more responsible.	她比任何人都負責任。
She's stable and steady.	她很穩定。
She's solid as a rock.	她非常穩定。
She's faithful, truthful, and dutiful.	她很忠實、很真實，並且非常盡職。
Also, she's very bright.	而且，她很聰明。
She's brilliant and brainy.	她既聰明又有頭腦。
She's smart, sharp, and clever.	她非常聰明而且敏銳。

UNIT
2

You'll see that she is intelligent.　你會發現她很聰明。
She's inventive and ingenious.　她有創意而且頭腦靈敏。
There is no question that she is
　able, capable, and knowledgeable.　毫無疑問，她很有能力，而且
　知識豐富。

Everybody knows she's gifted.　大家都知道她很有天份。
She's talented and competent.　她很有才能而且能幹。
She's skillful, resourceful, and
　innovative.　她技術純熟、足智多謀，而且
　能創新。

What's more, she's organized.　此外，她做事情很有條理。
She's orderly and neat.　她非常整齊。
She's precise, particular, and
　methodical in her actions.　她做事很精確、很講究，而且
　有條理。

She's thorough.　她一絲不苟。
She's tidy.　她很整齊。
She always does a systematic job.　她做事總是很有系統。

Even so, she has charm and
　charisma.　儘管如此，她還是很有魅力及
　領導能力。
She has a magnetic personality.　她的個性很吸引人。
You can't resist her attraction
　and appeal.　你無法抗拒她的吸引力。

Her attraction is remarkable.　她很有吸引力。
Her appeal is fabulous.　她非常有吸引力。
Her magnetism is admirable.　她很有吸引力。

Besides that, she has expertise. | 除此之外，她具有專業知識。
She has a lot of experience. | 她經驗豐富。
She has the knowledge and know-how to make things happen. | 她具有專業知識，能把事情做好。

She has skill. | 她很有技巧。
She has ability. | 她很有能力。
She has intelligence, ingenuity, and proficiency. | 她很聰明、有創意，而且很熟練。

Similarly, she's a hard worker. | 同樣地，她工作很努力。
She's a real go-getter. | 她真的是一個幹勁十足的人。
She's the can-do type. | 她是個有幹勁的人。

No one is more persistent, and persevering. | 沒有人比她更能堅持到底。
She is the most productive person I know. | 她是我所認識的人當中，最有生產力的。
She's hardworking, laborious, and conscientious. | 她工作很努力，而且負責盡職。

Furthermore, I like her attitude. | 還有，我喜歡她的工作態度。
She has a good approach. | 她有好的方法。
She has a cheerful disposition. | 她有開朗的性格。

I like her manner. | 我喜歡她的態度。
She is always in a good mood. | 她的心情總是很好。
She always has a positive outlook, perspective, and point of view. | 她總是有樂觀的看法、眼光，和觀點。

UNIT
2

No doubt, her work ethic is outstanding.	無疑地,她非常有職業道德。
She's an exceptional worker.	她是個出色的員工。
Her attitude is superb, splendid, and marvelous.	她的態度非常棒。
She does a fantastic job.	她表現得很好。
She's a terrific role model.	她是個很棒的典範。
Working with her is an awesome experience.	和她一起工作是很棒的經驗。
Consequently, people like to hang around with her.	因此,大家都喜歡和她在一起。
People like to associate with her.	大家都喜歡和她來往。
To be sure, she makes friends wherever she goes.	的確,她不管到哪裡,都能交到朋友。
I like being her friend.	我喜歡當她的朋友。
She's a great person to be with.	和她在一起很棒。
She makes you happy in her presence.	和她在一起一定能使你很快樂。
Anyway, I've talked long enough.	總之,我說得夠久了。
Let's meet our honored guest.	讓我們來認識一下我們的貴賓。
Here she is—the one and only, Ms. Maggie Lee.	就是這一位——獨一無二的李瑪姬小姐。

V. **短篇作文**：用背過的９個關鍵句，和部份同義句，加上轉承語，就可寫出精彩作文。

Making an Introduction

I would like to introduce my good friend, Maggie Lee. *For starters*, she is dependable. She is the most reliable person I know. She is bright. It might surprise you how clever she is. She is organized. *What's more*, she has charm and expertise.

Most importantly, she is a hard worker. She works like hell. I like her attitude. *No doubt*, her work ethic is outstanding. *Of course*, people like to hang around with her. I like being her friend. She is a great person to be with.

UNIT 2

【中文翻譯】

介紹他人

我想要介紹我的好朋友，李瑪姬。首先，她很可靠。她是我所認識的人當中最可靠的。她很聰明。她聰明的程度，可能會讓你很驚訝。她做事情很有條理。此外，她很有魅力，並具有專業知識。

最重要的是，她工作很努力。她非常拼命工作。我喜歡她的工作態度。無疑地，她很有職業道德。當然，大家都喜歡和她在一起。我喜歡當她的朋友。和她在一起很棒。

VI. **長篇作文**：背完同義字和同義句，肚子有貨，才能寫出長篇作文。

Making an Introduction

I would like to introduce a very special person, my dear friend, Maggie Lee. *For one thing*, Maggie is dependable. She's the most reliable, responsible and faithful person I know. There is no one more stable and steady. *As a matter of fact*, I like to say that she is solid as a rock.

Meanwhile, she's very bright. It might surprise you how clever, sharp and intelligent she is. *What's more*, she's organized, methodical and precise in her actions. She always does a thorough job, no matter how trivial the task may be. Everything she touches is handled in a very particular and orderly manner.

Nevertheless, she has an abundance of natural charm. You can't resist her charisma, attraction and appeal. She has a magnetic personality. *Besides that*, she has a wealth of expertise and experience. She has the know-how to make things happen in the real world. *Similarly*, she is a hard worker. She's a real go-getter—the "can-do" type. No one is more persistent, persevering or conscientious.

Furthermore, I like her attitude and approach to life. She's never in a bad mood and always has a positive outlook, no matter what happens. *No doubt*, her work ethic is outstanding. She does a fantastic job and is a terrific role model for all of us. Working with her is an awesome experience. *Consequently*, I like being her friend. She's a great person to be with and she makes you happy to simply be in her presence. *Indeed*, everybody wants to be associated with her. She's very much in demand!

【中文翻譯】

介紹他人

我想要介紹一位非常特別的人，我親愛的朋友李瑪姬。首先，瑪姬很可靠。我所認識的人當中，她是最可靠、最負責任，而且最忠實的。沒有人比她更穩定。事實上，我想要說的是，她像岩石一樣穩固。

同時，她也非常聰明。她聰明而且敏銳的程度，可能會使你們很驚訝。此外，她做事情很有條理，她講求方法，而且行動精確。她總是會把工作做得很徹底，無論這工作有多瑣碎。她經手的每一件事，都是以非常講究而且有條理的方式處理。

然而，她非常有自然的魅力。你無法抗拒她的個人魅力及吸引力。她的個性十分吸引人。除此之外，她有豐富的專

業知識和經驗。她具有能把事情做好的專業知識。同樣地，她工作很努力。她真的是個能幹的人——她很有幹勁。沒有人比她更不屈不撓、更能堅持到底，或更負責盡職。

　　而且，我喜歡她的工作態度和人生觀。她從來不會心情不好，而且無論發生什麼事，總是抱持樂觀的看法。無疑地，她非常有職業道德。她表現得很好，是我們大家很棒的典範。和她一起工作，是很棒的經驗。因此，我喜歡當她的朋友。和她在一起很棒，只要有她在，她會使你很快樂。的確，大家都想和她來往。她非常搶手！

【註釋】

for one thing　首先　　*as a matter of fact*　事實上

meanwhile〔'min,hwaɪl〕*adv.* 同時

trivial〔'trɪvɪəl〕*adj.* 瑣碎的　　handle〔'hændl〕*v.* 處理

manner〔'mænɚ〕*n.* 方式；樣子

nevertheless〔,nɛvɚðə'lɛs〕*adv.* 然而

abundance〔ə'bʌndəns〕*n.* 豐富；多量

resist〔rɪ'zɪst〕*v.* 抵抗；抗拒

magnetic〔mæg'nɛtɪk〕*adj.* 有吸引力的

a wealth of　很多的　　similarly〔'sɪmələlɪ〕*adv.* 同樣地

be in a bad mood　心情不好　　*no doubt*　無疑地

very much in demand　非常搶手的

Unit 2 同義字整理

※ 重複地背，不斷地使用，單字能快速增加。

UNIT 2

1. **dependable**〔dɪ'pɛndəbḷ〕
   adj. 可靠的
   = reliable〔rɪ'laɪəbḷ〕*adj.* 可靠的
   = responsible〔rɪ'spɑnsəbḷ〕
   adj. 負責任的；可靠的

   = stable〔'stebḷ〕*adj.* 穩定的
   = steady〔'stɛdɪ〕*adj.* 穩定的；
   可靠的；認真的
   = solid〔'sɑlɪd〕*adj.* 固體的；
   穩定的；可靠的

   = faithful〔'feθfəl〕*adj.* 忠實的；
   可靠的
   = truthful〔'truθfəl〕*adj.* 真實
   的；誠實的
   = dutiful〔'djutɪfəl〕*adj.* 忠於職
   守的；盡職的

2. **bright**〔braɪt〕*adj.* 聰明的；
   明亮的；燦爛的
   = brilliant〔'brɪljənt〕*adj.* 聰明
   的；有才華的；明亮的
   = brainy〔'brenɪ〕*adj.* 有頭腦
   的；聰明的

   = smart〔smɑrt〕*adj.* 聰明的
   = sharp〔ʃɑrp〕*adj.* 敏銳的；
   聰明的
   = clever〔'klɛvɚ〕*adj.* 聰明的

   = intelligent〔ɪn'tɛlədʒənt〕
   adj. 聰明的
   = inventive〔ɪn'vɛntɪv〕*adj.*
   有發明才能的
   = ingenious〔ɪn'dʒiniəs〕*adj.*
   有發明才能的；頭腦靈敏的

   * * *

   = able〔'ebḷ〕*adj.* 有能力的；
   能幹的
   = capable〔'kepəbḷ〕*adj.*
   有能力的；能幹的
   = knowledgeable
   〔'nɑlɪdʒəbḷ〕*adj.* 知識豐富
   的；聰明的

   = gifted〔'gɪftɪd〕*adj.* 有天分的
   = talented〔'tæləntɪd〕*adj.*
   有天分的；有才能的
   = competent〔'kɑmpətənt〕
   adj. 有能力的；能幹的

   = skillful〔'skɪlfəl〕*adj.* 技術
   純熟的；靈巧的
   = resourceful〔rɪ'sorsfəl〕
   adj. 足智多謀的；有應變能力的
   = innovative〔'ɪnəvetɪv〕*adj.*
   創新的

UNIT
2

3. organized（'ɔrgən,aɪzd）adj.
有組織的；有條理的；有秩序的
= orderly（'ɔrdəlɪ）adj. 整齊
的；有條理的
= neat（nit）adj. 整齊的

= precise（prɪ'saɪs）adj. 精確
的；一絲不苟的
= particular（pə'tɪkjələ）adj.
特別的；講究的；一絲不苟的
= methodical（mə'θadɪkl̩）adj.
有方法的；有條理的

= thorough（'θɝo）adj. 徹底
的；準確的；一絲不苟的
= tidy（'taɪdɪ）adj. 整齊的；
有條理的
= systematic（,sɪstə'mætɪk）
adj. 有系統的；有條理的

4. charm（tʃɑrm）n. 魅力；
吸引力
= charisma（kə'rɪzmə）n.
領袖的魅力；領導能力
= personality（,pɝsn̩'ælətɪ）n.
個性；魅力

= attraction（ə'trækʃən）n.
吸引力；魅力
= appeal（ə'pil）n. 吸引力；
魅力
= magnetism（'mægnə,tɪzəm）
n. 磁性；吸引力；魅力

5. expertise（,ɛkspɝ'tiz）n.
專業知識；專業技術；專長
= experience（ɪk'spɪrɪəns）
n. 經驗
= skill（skɪl）n. 技術；技巧；
本事

= knowledge（'nɑlɪdʒ）n.
知識
= know-how（'no,haʊ）n.
專門知識；技術
= ability（ə'bɪlətɪ）n. 能力；
技巧；本事

= intelligence（ɪn'tɛlədʒəns）
n. 智慧；智力；聰明
= ingenuity（,ɪndʒə'nuətɪ）n.
發明的才能；智慧
= proficiency（prə'fɪʃənsɪ）
n. 精通；熟練；能力；技術

6. persistent（pə'sɪstənt）adj.
持久的；堅忍的；百折不撓的
= persevering（,pɝsə'vɪrɪŋ）
adj. 堅忍不拔的；不屈不撓的
= productive（prə'dʌktɪv）
adj. 有生產力的；有收穫的

= hardworking（'hɑrd,wɝkɪŋ）
adj. 工作努力的；勤奮的
= laborious（lə'borɪəs）adj.
勤勉的
= conscientious（,kɑnʃɪ'ɛnʃəs）
adj. 有良心的；負責盡職的

{
hard worker 努力工作的人
= go-getter 能手；幹勁十足的人
= can-do type 有幹勁的人
}

7. {
attitude〔'ætə,tjud〕n. 態度
= approach〔ə'protʃ〕n.
方法；手段；步驟
= disposition〔,dɪspə'zɪʃən〕
n. 性情；氣質；天性
}

{
= manner〔'mænɚ〕n. 態度；
樣子；舉止；方式
= mood〔mud〕n. 心情；情緒；
意向
= stance〔stæns〕n. 態度；立場
}

{
= outlook〔'aʊt,lʊk〕n. 展望；
看法；見解；觀點
= perspective〔pɚ'spɛktɪv〕
n. 看法；眼光
= point of view 觀點
}

8. {
outstanding〔'aʊt'stændɪŋ〕
adj. 傑出的；很棒的
= excellent〔'ɛkslənt〕adj.
優秀的；很棒的
= exceptional〔ɪk'sɛpʃənḷ〕
adj. 例外的；非凡的；很棒的
}

{
= superb〔su'pɝb〕adj. 極好的
= splendid〔'splɛndɪd〕adj.
壯麗的；極好的
= marvelous〔'mɑrvḷəs〕adj.
令人驚嘆的；出色的；很棒的
}

* * *

{
= fabulous〔'fæbjələs〕adj.
極好的；很棒的
= fantastic〔fæn'tæstɪk〕adj.
幻想的；極好的；很棒的
= awesome〔'ɔsəm〕adj. 令人
敬畏的；很棒的
}

UNIT
2

{
= admirable〔'ædmərəbḷ〕adj.
值得稱讚的；令人欽佩的；
絕佳的
= remarkable〔rɪ'mɑrkəbḷ〕
adj. 驚人的；顯著的；卓越的；
出眾的
= terrific〔tə'rɪfɪk〕adj. 驚人
的；令人讚嘆的；極好的
}

9. {
hang around with *sb.*
和某人在一起
= hang out with *sb.*
和某人在一起
= be with *sb.* 和某人在一起
}

{
= spend time with *sb.*
和某人在一起
= associate with *sb.*
與某人為伍；和某人交往
= socialize with *sb.*
和某人交往
}

{
= make friends with *sb.*
和某人交朋友
= be *sb.'s* friend
當某人的朋友
= be in *sb.'s* presence
在某人面前
}

Unit 3　How to Be Popular
如何受人歡迎

I. 先背 9 個核心關鍵句：

UNIT 3

Be sincere.
Be modest.
Be a good listener.

Be caring.
Be optimistic.
Enhance your appearance.

Never boast.
Never complain.
Always compliment others.

　　想要讓別人喜歡你，就要真誠（**Be sincere**.），不要虛假。做人要謙虛（Be modest.）。你的朋友和你講話時，要懂得傾聽（Be a good listener.），要懂得關心別人（**Be caring**.）。要樂觀（Be optimistic.），要改善你的外表（Enhance your appearance.）。如果不注重外表，像小

混混，別人會離你遠去。絕不要吹牛 (**Never boast.**)，絕
不要抱怨 (**Never complain.**)，一定要稱讚別人 (**Always
compliment others.**)。

如果能做到上面九點，大家都會喜歡和你在一起。

II. 背關鍵句中的同義字：

1. Be sincere. (要真誠。)

**UNIT
3**

> **sincere** 〔 sɪn'sɪr 〕 *adj.* 真誠的
> = honest 〔'ɑnɪst 〕 *adj.* 誠實的
> = earnest 〔'ɜnɪst 〕 *adj.* 認真的；誠摯的

* honest 和 earnest 在一起，好背。

> = real 〔'riəl 〕 *adj.* 真實的
> = genuine 〔'dʒɛnjuɪn 〕 *adj.* 真實的；誠懇的；真正的
> = authentic 〔 ɔ'θɛntɪk 〕 *adj.* 真實的；可靠的；真正的

* 這三個字的主要意思都是「真的」。
authentic 來自 author 〔'ɔθɚ 〕 *n.* 作者。

*　　*　　*

> = true 〔 tru 〕 *adj.* 真實的
> = truthful 〔'truθfəl 〕 *adj.* 誠實的；老實的；真實的
> = natural 〔'nætʃərəl 〕 *adj.* 自然的；不做作的

* true 和 truthful 在一起，好背。
truthful 形容人，作「誠實的」解，形容事物，作「真實的」解。

UNIT 3

$$
\left\{
\begin{array}{l}
= \text{frank} \, \text{(} \, \text{fræŋk} \, \text{)} \, adj. \ \ 坦白的；直率的 \\
= \text{candid} \, \text{(} \, \text{'kændɪd} \, \text{)} \, adj. \ \ 坦白的 \\
= \text{straightforward} \, \text{(} \, \text{,stret'fɔrwəd} \, \text{)} \, adj. \ \ 正直的； \\
\quad 直率的；直接的；清楚的；忠實的
\end{array}
\right.
$$

* frank 和 candid 意思接近。

以上 12 個單字背至 8 秒內，就終生不忘記。可分兩組背。

背完同義字，再背同義句：

$$
\left\{
\begin{array}{l}
\textbf{Be sincere.} \\
= \text{Be } \textbf{\textit{honest}}. \ （要誠實。） \\
= \text{Be } \textbf{\textit{earnest}}. \ （要認眞。）
\end{array}
\right.
$$

> 背 sincere 很無聊，
> 背 Be sincere. 就有
> 意義了。

$$
\left\{
\begin{array}{l}
= \text{Be } \textbf{\textit{real}}. \ （要眞實；要實實在在。） \\
= \text{Be } \textbf{\textit{genuine}}. \ （要眞實；要實實在在。） \\
= \text{Be } \textbf{\textit{authentic}}. \ （要眞實；要可靠。）
\end{array}
\right.
$$

＊　　　＊　　　＊

$$
\left\{
\begin{array}{l}
= \text{Be } \textbf{\textit{true}}. \ （要眞實。） \\
= \text{Be } \textbf{\textit{truthful}}. \ （要誠實。） \\
= \text{Be } \textbf{\textit{natural}}. \ （要自然；不要做作。）
\end{array}
\right.
$$

$$
\left\{
\begin{array}{l}
= \text{Be } \textbf{\textit{frank}}. \ （要坦白。） \\
= \text{Be } \textbf{\textit{candid}}. \ （要坦白。） \\
= \text{Be } \textbf{\textit{straightforward}}. \ （要老老實實。）
\end{array}
\right.
$$

to be frank　坦白說；老實說
= to be candid
= to be honest
= to tell the truth

這四個是獨立不定詞片語，常用在作文和演講中。

UNIT
3

2. Be modest. (要謙虛。)

modest 〔'mɑdɪst 〕 *adj.* 謙虛的
= humble 〔'hʌmbḷ 〕 *adj.* 謙虛的
= reserved 〔 rɪ'zɜvd 〕 *adj.* 保留的；有所顧慮的；拘謹的

* reserve *v.* 預約；保留　　【比較】preserve *v.* 保存

= simple 〔'sɪmpḷ 〕 *adj.* 簡單的；純眞的；不做作的
= discreet 〔 dɪ'skrit 〕 *adj.* 謹愼的
= unpretentious 〔,ʌnprɪ'tɛnʃəs 〕 *adj.* 不做作的；不炫耀的；謙虛的

* pretend 〔 prɪ'tɛnd 〕 *v.* 假裝　　pretentious *adj.* 做作的

= unassuming 〔,ʌnə'sumɪŋ 〕 *adj.* 不裝模作樣的；不擺架子的
= retiring 〔 rɪ'taɪrɪŋ 〕 *adj.* 內向的；客氣的；羞怯的；(在名詞前) 快退休的
= self-deprecating 〔,sɛlf'dɛprɪ,ketɪŋ 〕 *adj.* 非常謙虛的；自我貶低的

* 這三個字都是 ing 結尾。

unassuming 源自 assume〔ə'sjum〕v. 假定；推測；擺出；裝出。
retiring 源自 retire〔rɪ'taɪr〕v. 退休。
self-deprecating 源自 deprecate〔'dɛprɪˌket〕v. 不贊成；
貶低。

背完同義字，再背同義句：

> **Be modest.**
> = Be *humble*.（要謙虛。）
> = Be *reserved*.（說話要有所保留；說話要有所顧慮。）

> = Be *simple*.（要單純，不做作。）
> = Be *discreet*.（要謹慎。）
> = Be *unpretentious*.（不要做作。）

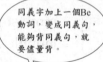

同義字加上一個Be
動詞，變成同義句，
能夠背同義句，就
要儘量背。

> = Be *unassuming*.
> （不要裝模作樣。）
> = Be *retiring*.（要客氣。）
> = Be *self-deprecating*.
> （要非常謙虛。）

3. Be a good listener.（要懂得傾聽。）

> **Be a good listener.**
> = Be attentive.（要專心聽。）
> = Be open-minded.（要思想開明。）

* attentive〔ə'tɛntɪv〕*adj.* 專注的
open-minded〔ˌopən'maɪndɪd〕*adj.* 思想開明的；胸襟開闊的；
沒有偏見的

{
= Be mindful. (要注意聽。)
= Be observant. (要觀察力敏銳。)
= Be all ears. (要專心聽。)

* mindful〔'maɪndfəl〕*adj.* 留心的；注意的
  observe〔əb'zɜv〕*v.* 觀察；遵守
  observant〔əb'zɜvənt〕*adj.* 留心的；觀察力敏銳的
  be all ears 專心聽　　***be all eyes*** 專心看
  be all smiles 滿臉笑容　　***be all thumbs*** 笨手笨腳

{
= Keep your ears open. (要隨時專心聽。)
= Pay attention. (要專心聽。)
= Stay focused. (要專注。)

* ***keep*** *one's* ***ears open*** 隨時專心聽
  pay attention 注意；傾聽某人（之言）
  focused〔'fokəst〕*adj.* 專注的；專心的

4. Be caring. (要關心別人。)

{
caring〔'kɛrɪŋ〕*adj.* 關心他人的；體貼的；
善解人意的
= loving〔'lʌvɪŋ〕*adj.* 充滿愛的
= kind〔kaɪnd〕*adj.* 體貼的；親切的

* 一般字典找不到 caring 當形容詞的
  用法，背短句是學英文最快的方法。

$\begin{cases}\end{cases}$ = receptive〔rɪˋsɛptɪv〕*adj.* 感受性強的；樂意接納的

= sensitive〔ˋsɛnsətɪv〕*adj.* 敏感的；感受敏銳的

= responsive〔rɪˋspɑnsɪv〕*adj.* 易感動的；反應快的；

敏感的；富有同情心的

*這三個字的字尾都是 ive，涵義都是感受敏銳，知道別人需要什麼。

＊　　＊　　＊

UNIT 3

$\begin{cases}\end{cases}$ = warm〔wɔrm〕*adj.* 熱心的

= warm-hearted〔ˋwɔrmˋhɑrtɪd〕*adj.* 體貼的；

親切的；熱心的

= kind-hearted〔ˋkaɪndˋhɑrtɪd〕*adj.* 親切的；好心的

*這三個字由 warm 和 hearted 連接起來。

$\begin{cases}\end{cases}$ = considerate〔kənˋsɪdərɪt〕*adj.* 體貼的

= sympathetic〔͵sɪmpəˋθɛtɪk〕*adj.* 同情的

= compassionate〔kəmˋpæʃənɪt〕*adj.* 同情的

背完同義字，再背同義句：

$\begin{cases}\end{cases}$ **Be caring.**

= Be *loving*.（要有愛心。）

= Be *kind*.（要親切。）

$\begin{cases}\end{cases}$ = Be *receptive*.（要知道別人的需要。）

= Be *sensitive*.（要感受敏銳；要知道別人的需要。）

= Be *responsive*.（要有同情心。）

＊　　＊　　＊

{
= Be *warm*. (要熱心。)
= Be *warm-hearted*. (要很熱心。)
= Be *kind-hearted*. (心要好。)
}

{
= Be *considerate*. (要體貼。)
= Be *sympathetic*. (要有同情心。)
= Be *compassionate*. (要有同情心。)
}

UNIT
3

5. Be optimistic. (要樂觀。)

{
optimistic 〔,ɑptə'mɪstɪk 〕 *adj.* 樂觀的
= enthusiastic 〔 ɪn,θjuzɪ'æstɪk 〕 *adj.* 熱心的；熱情的
= encouraging 〔 ɪn'kɝɪdʒɪŋ 〕 *adj.* 激勵的；令人鼓舞的
}

＊ 後兩個字都是 en 開頭。熱情的人都是樂觀的，樂觀的人
常常會激勵別人。

{
= cheerful 〔'tʃɪrfəl 〕 *adj.* 開朗的；快樂的
= confident 〔'kɑnfədənt 〕 *adj.* 有信心的
= carefree 〔'kɛr,fri 〕 *adj.* 無憂無慮的
}

＊ 這三個字都是 c 開頭。

{
= pleasant 〔'plɛznt 〕 *adj.* 開朗的；和藹可親的
= positive 〔'pɑzətɪv 〕 *adj.* 樂觀的；積極的
= radiant 〔'redɪənt 〕 *adj.* 容光煥發的；笑容滿面的
}

＊ 前兩個字是 p 開頭。

這 9 個字背至 5 秒內，終生不忘記。

背完同義字，再背同義句：

> Be **optimistic**.
> = Be *enthusiastic*.（要熱心。）
> = Be *encouraging*.（要會激勵別人。）

> = Be *cheerful*.（要有開朗的心。）
> = Be *confident*.（要有信心。）
> = Be *carefree*.（要無憂無慮。）

> = Be *pleasant*.（要開朗。）
> = Be *positive*.（要樂觀；要積極。）
> = Be *radiant*.（要笑容滿面；要容光煥發。）

UNIT
3

6. Enhance your appearance.

（要改善你的外表。）

> **enhance**〔ɪnˈhæns〕v. 提高；增進
> = improve〔ɪmˈpruv〕v. 改善
> = polish〔ˈpɑlɪʃ〕v. 擦亮；使高雅

> = better〔ˈbɛtə〕v. 改善；改進
> = refine〔rɪˈfaɪn〕v. 使文雅；使高尚；提煉
> = perfect〔pəˈfɛkt〕v. 使完美

* 這三個字是按照「更好」、「完美」來排列。

$\left\{\begin{array}{l} = \text{boost} \text{ (bust) } v. \text{ 提高;增強} \\ = \text{elevate} \text{ ('ɛlə,vet) } v. \text{ 提高;使高尚} \\ = \text{upgrade} \text{ ('ʌp'gred) } v. \text{ 使升級;提升} \end{array}\right.$

＊這三個字都有「提升」的意思。
elevator ('ɛlə,vetə) *n.* 電梯
upgrade 這個字的重音，可在第一或第二音節。

上面 9 個字背至 5 秒內，終生不忘記。

背完同義字，再背同義句：

$\left\{\begin{array}{l} \textbf{\textit{Enhance} your appearance.} \\ = \textbf{\textit{Improve}} \text{ your appearance.} \text{ (要改善你的外表。)} \\ = \textbf{\textit{Polish}} \text{ your appearance.} \text{ (要改善你的外表。)} \end{array}\right.$

$\left\{\begin{array}{l} = \textbf{\textit{Better}} \text{ your appearance.} \text{ (要改善你的外表。)} \\ = \textbf{\textit{Refine}} \text{ your appearance.} \text{ (外表要文雅。)} \\ = \textbf{\textit{Perfect}} \text{ your appearance.} \text{ (外表要完美。)} \end{array}\right.$

$\left\{\begin{array}{l} = \textbf{\textit{Boost}} \text{ your appearance.} \text{ (要提升你的外表。)} \\ = \textbf{\textit{Elevate}} \text{ your appearance.} \text{ (外表要提升。)} \\ = \textbf{\textit{Upgrade}} \text{ your appearance.} \text{ (外表要升級。)} \end{array}\right.$

7. Never boast. (絕不吹牛。)

$\left\{\begin{array}{l} \textbf{boast} \text{ (bost) } v. \text{ 自誇;吹牛} \\ = \text{brag} \text{ (bræg) } v. \text{ 自誇;吹牛} \\ = \text{talk big} \text{ 誇耀;吹牛} \qquad \text{＊前兩個字是 b 開頭。} \end{array}\right.$

$\left\{\begin{array}{l}\text{= praise } \textit{oneself} \text{ 稱讚自己} \\ \text{= advertise } \textit{oneself} \text{ 自我宣傳} \\ \text{= pat } \textit{oneself} \text{ on the back } \text{ 輕拍自己的背；得意；沾沾自喜}\end{array}\right.$

* 這三個成語都有 oneself，由短到長。

advertise〔'ædvɚ,taɪz〕v. 登…的廣告　　pat〔pæt〕v. 輕拍

$\left\{\begin{array}{l}\text{= show off } \text{ 炫耀} \\ \text{= blow } \textit{one's} \text{ own horn } \text{ 自吹自擂；自誇；吹噓} \\ \text{= exaggerate } \textit{one's} \text{ own merits } \text{ 誇大自己的優點}\end{array}\right.$

* 由短到長排列。　　　horn〔hɔrn〕n. 喇叭

字典上「自吹自擂」的說法還有 blow *one's* own trumpet，
但這是英式用法，美國人不用。

exaggerate〔ɪg'zædʒə,ret〕v. 誇張；誇大；過於強調

merit〔'mɛrɪt〕n. 好處；優點；功勞

背完同義字，再背同義句：

$\left\{\begin{array}{l}\textbf{Never boast.} \\ \text{= Never } \textit{\textbf{brag}}\textbf{.} \text{（絕不吹牛。）} \\ \text{= Never } \textit{\textbf{talk big}}\textbf{.} \text{（絕不吹牛。）}\end{array}\right.$

$\left\{\begin{array}{l}\text{= Never } \textit{\textbf{praise yourself}}\textbf{.} \text{（絕不稱讚自己。）} \\ \text{= Never } \textit{\textbf{advertise yourself}}\textbf{.} \text{（絕不自我宣傳。）} \\ \text{= Never } \textit{\textbf{pat yourself on the back}}\textbf{.} \text{（絕不沾沾自喜。）}\end{array}\right.$

$\left\{\begin{array}{l}\text{= Never } \textit{\textbf{show off}}\textbf{.} \text{（絕不炫耀。）} \\ \text{= Never } \textit{\textbf{blow your own horn}}\textbf{.} \text{（絕不自吹自擂。）} \\ \text{= Never } \textit{\textbf{exaggerate your own merits}}\textbf{.} \\ \quad \text{（絕不誇大自己的優點。）}\end{array}\right.$

UNIT 3

8. Never complain. (絕不抱怨。)

complain 〔 kəm'plen 〕 *v.* 抱怨
= criticize 〔'krɪtə,saɪz 〕 *v.* 批評
= grumble 〔'grʌmbl̩ 〕 *v.* 抱怨

* 前兩個字是 c 開頭。

= nag 〔 næg 〕 *v.* 嘮叨
= whine 〔 *h*waɪn 〕 *v.* 發牢騷
= bellyache 〔'bɛlɪ,ek 〕 *v.* 一直抱怨　*n.* 肚子痛

* 字由短到長。

= quarrel 〔'kwɔrəl 〕 *v.* 吵架；抱怨；發牢騷
= protest 〔 prə'tɛst 〕 *v.* 抗議；提出異議；反對
= find fault　挑剔；抱怨

* protest (抗議) 也是抱怨的一種。

上面 9 個字背至 6 秒內，終生不忘記。

背完同義字，再背同義句：

Never complain.
= Never *criticize*. (絕不批評。)
= Never *grumble*. (絕不抱怨。)

= Never *nag*. (絕不嘮叨。)
= Never *whine*. (絕不發牢騷。)
= Never *bellyache*. (絕不抱怨。)

UNIT
3

$$\left\{\begin{array}{l}\\ \\ \\ \end{array}\right.$$ = Never *quarrel*. (絕不吵架。)
= Never *protest*. (絕不抗議。)
= Never *find fault*. (絕不挑剔。)

9. Always compliment others.
(一定要稱讚別人。)

$$\left\{\begin{array}{l}\\ \\ \\ \end{array}\right.$$ **compliment**〔'kɑmplə,mɛnt〕*v.* 稱讚
= commend〔kə'mɛnd〕*v.* 稱讚
= congratulate〔kən'grætʃə,let〕*v.* 祝賀；向～道賀

* 這三個字都是 c 開頭。

教練常對輸球的人說：Be a good loser. (做一個輸得起的人。)
Always congratulate others. (一定要向對方道賀。)

$$\left\{\begin{array}{l}\\ \\ \\ \end{array}\right.$$ = acclaim〔ə'klem〕*v.* 對…喝采；稱讚
= applaud〔ə'plɔd〕*v.* 鼓掌；喝采；稱讚
= praise〔prez〕*v.* 稱讚

* 前兩個字是 a 開頭。

$$\left\{\begin{array}{l}\\ \\ \\ \end{array}\right.$$ = salute〔sə'lut〕*v.* 向…敬禮；頌揚；讚揚
= speak highly of 稱讚
= say something nice about 稱讚

* 這三個都是 s 開頭。

上面 9 個背至 7 秒內，終生不忘記。

背完同義字，再背同義句：

Always compliment others.
= Always *commend* others.
（一定要稱讚別人。）
= Always *congratulate* others.
（有機會一定要向別人道賀。）

= Always *acclaim* others.
（一定要稱讚別人。）
= Always *applaud* others.
（一定要稱讚別人。）
= Always *praise* others.
（一定要稱讚別人。）

每天至少要稱讚別人
三次以上。

UNIT
3

= Always *salute* others.
（一定要讚揚別人。）
= Always *speak highly of* others.
（一定要稱讚別人。）
= Always *say something nice about* others.
（一定要稱讚別人。）

Ⅲ. 短篇演講：用所背過的 9 個關鍵句，加上開場白、轉承語和結尾，就可組成短篇演講。

Good day, ladies and gentlemen.
（各位女士，各位先生，大家好。）
It's great to have you here.（很高興你們能來。）
Let me tell you how to be popular.
（讓我來告訴你們如何受人歡迎。）

First, be sincere.（首先，要真誠。）
Be modest.（要謙虛。）
Be a good listener.（要懂得傾聽。）

Second, be caring.
（第二，要關心別人。）
Be optimistic.（要樂觀。）
Enhance your appearance.（要改善你的外表。）

In addition, never boast.（此外，絕不吹牛。）
Never complain.（絕不抱怨。）
Always compliment others.（一定要稱讚別人。）

Thanks for your attention.（謝謝你們專心聽我演講。）
Now, go have a great day.
（現在，祝你們有個美好的一天。）
Get out there and enjoy being popular.
（去外面好好享受受人歡迎的滋味吧。）

IV. **長篇演講**：背完同義字和同義句，
就可發表精彩的長篇演講。

這演講稿經過精心
編排，你能夠背得
下來。

How to Be Popular
（如何受人歡迎）

Welcome, friends.	朋友們，歡迎大家。
Thanks for being here.	謝謝你們來到這裡。
It's a great day to be alive, don't you think?	今天能活著真是太棒了，不是嗎？
Being popular is important.	受人歡迎是很重要的。
There are several ways to increase your popularity.	有好幾個方法能使你更受歡迎。
Here are a few simple ideas.	以下就是一些簡單的概念。
First, be sincere.	首先，要真誠。
Be honest and earnest.	要誠實並且認真。
Popular people are real, genuine, and authentic.	受歡迎的人都很真實、誠懇，而且可靠。
Keep it true.	要真實。
People can tell if you are truthful and natural.	人們看得出來你是否真實和自然。
Being frank, candid, and straightforward is the way.	直率、坦白，而且正直就對了。
Second, be modest.	第二，要謙虛。
Be humble and reserved.	要謙虛而且有所保留。
Be simple, discreet, and unpretentious.	要純真、謹慎，而且不做作。

UNIT
3

UNIT
3

Be unassuming.	不要裝模作樣。
Be retiring.	要客氣。
You must be self-deprecating.	一定要非常謙虛。

Third, be a good listener.	第三，要懂得傾聽。
Be attentive and open-minded.	要專心聽，而且思想開明。
You must be mindful when someone is talking.	有人講話時一定要注意聽。

Be observant.	要觀察力敏銳。
Be all ears.	要注意聽。
You must pay attention and stay focused.	你必須要專心而且專注。

Fourth, be caring.	第四，要關心別人。
Be loving and kind.	要有愛心，並且親切。
Be receptive and sensitive to people's needs.	要能感受到別人的需求。

Be responsive.	要感受敏銳。
Be warm and kind-hearted.	要熱心而且心地要好。
The most popular people are considerate, sympathetic and compassionate.	最受歡迎的人，都是很體貼，並且很有同情心。

Fifth, be optimistic.	第五，要樂觀。
Be enthusiastic and encouraging.	要充滿熱忱，並且能激勵人心。
You must be cheerful, confident, and carefree.	你必須要快樂、有信心，而且無憂無慮。

Be pleasant.	要開朗。
Be positive.	要樂觀。
Try to be the most radiant person in the room.	要努力成為房間裡最容光煥發的人。【演講時通常在室內，所以用 in the room】
Sixth, you should enhance your appearance.	第六，你應該改善你的外表。
Improve and polish your public image.	要改善你的公眾形象。
Better and refine your manners.	要改善你的禮貌。
Perfect your looks.	要使你的外表變得完美。
Boost your style.	要提升你的風格。
Elevate and upgrade your outfit.	要使你的服裝更高尚。
Seventh, never boast.	第七，絕不吹牛。
Never brag or talk big.	絕不自誇或吹牛。
Never praise or advertise yourself.	絕不要稱讚自己或自我宣傳。
Never show off.	絕不炫耀。
Never blow your own horn.	絕不自吹自擂。
Popular people never exaggerate their own merits.	受歡迎的人絕不會誇大自己的優點。
Eighth, never complain.	第八，絕不抱怨。
Never criticize or grumble.	絕不批評或抱怨。
You should never nag, whine, or bellyache.	絕對不要嘮叨、發牢騷，或一直抱怨。

UNIT

3

Never quarrel. 絕不吵架。

Never protest. 絕不抗議。

Popular people never find fault with others. 受歡迎的人絕不會挑剔別人。

Finally, always compliment others. 最後，一定要稱讚別人。

Commend their efforts. 要稱讚他們的努力。

Congratulate their success. 要恭賀他們的成功。

Always acclaim others. 一定要稱讚別人。

Be the first to applaud a job well done. 有人表現傑出，要第一個稱讚他。

Be the first to praise and salute the achievements of others. 要第一個稱讚別人的成就。

In conclusion, popularity is within your reach. 總之，受人歡迎並非遙不可及。

Try some of these techniques. 要試試這些技巧。

I'm sure you will find them very effective. 我相信你會覺得它們很有效。

I appreciate your attention. 非常感激你們專心聽我演講。

I hope I have been of some help. 我希望能對大家有所幫助。

I wish you all good luck. 祝大家好運。

Thank you. 謝謝。

V. **短篇作文**：用背過的 9 個關鍵句，和部份同義句，加上轉承語，就可寫出精彩作文。

How to Be Popular

What is the secret to popularity? *In fact*, it's very simple. *The first step* is to be sincere and modest. *In addition*, be a good listener. Be optimistic. Always look on the bright side of things. *What's more*, always compliment others. Never underestimate the power of a few comforting words.

More importantly, you should never boast or complain. *However*, you should enhance your appearance. You should always make sure that you stay in good shape and dress well. Clothes make the man. You will not only look better but also feel better. Your appearance says a lot about you. *In conclusion*, if you can do all of the above, I'm sure popularity will come your way.

【中文翻譯】

如何受人歡迎

受歡迎的祕訣是什麼？事實上，非常簡單。第一步是要真誠而且謙虛。此外，要懂得傾聽。要樂觀。一定要看事物的光明面。而且，一定要稱讚別人。絕不要低估一些安慰別人的話的力量。

　　更重要的是，絕不要吹牛或抱怨。不過，你應該要改善自己的外表。你必須確定自己很健康，並且穿著得宜。人要衣裝。這樣不僅看起來更好，而且也會覺得好多了。你的外表能充分顯示你的特色。總之，如果能做到以上幾點，我相信受人歡迎是指日可待的事。

VI. **長篇作文**：背完同義字和同義句，肚子有貨，才能寫出長篇作文。

How to Be Popular

The importance of popularity is a fact of life. ***Without a doubt***, popular people have the advantage. They get first choice of everything. ***Fortunately***, there are several tried-and-true ways of increasing your popularity.

寫作文不要忘記用轉承語，可參考書末的總整理。

　　For starters, be sincere. Be honest and straightforward. Popular people are earnest and candid; they don't lie or pretend to be something they're not. They don't try to impress others. They keep it real. This is because people can tell if you are genuine. They will know if you aren't authentic. ***Instead***, be modest, humble and unassuming.

Don't be pretentious or fake. *Additionally*, you must
be a good listener. You must be attentive, observant,
and open-minded. Be all ears when someone is
talking. Stay focused on what they are saying.
Indeed, you can learn a lot by being mindful.

On top of that, be caring, loving, and responsive.
Treat people with kindness. Be sensitive and
sympathetic to their needs. The most popular people
are considerate, and warm-hearted, too. We are
drawn to their compassion like moths to a flame.
Furthermore, be optimistic. Radiate enthusiasm.
For example, try to always be the most pleasant and
positive person in the room. *For sure*, your
confidence will be infectious. *Meanwhile*, you
should enhance your appearance by polishing your
public image. Refine your manners and attire. Look
sharp and act accordingly.

Moreover, popular people never boast of their
achievements. They never complain or criticize.
Nobody likes a whiner. *Ultimately*, you must always
compliment others. Congratulate their success,
commend their efforts, and be the first to applaud a

UNIT
3

job well done. Say something nice, or don't say anything at all. *In conclusion*, popularity is within your reach. Try some of these techniques. I'm sure you will find them very effective.

【中文翻譯】

如何受人歡迎

受歡迎的重要性是無可爭辯的事實。無疑地，受歡迎的人會佔優勢。他們凡事都能得到最好的。幸運的是，要使自己更受歡迎，有幾個確實可行的方法。

首先，要真誠。要誠實並且正直。受歡迎的人都很誠懇和坦白；他們不說謊，也不會虛偽。他們不會想要故意使人印象深刻。他們很真實。這是因為人們看得出來你是否真實。如果你很虛偽，他們會知道。相反地，你要非常謙虛，而且不裝模作樣。不要做作或虛假。此外，你必須要懂得傾聽。你必須專心聽、觀察力敏銳，而且思想開明。有人講話時要注意聽。要專心聽他們說什麼。注意聽別人說話真的能學到很多。

此外，要關心別人，要有愛心，並且有同情心。待人要親切。要能感受並同情他們的需求。最受歡迎的人都很體貼而且也很熱心。我們會像飛蛾撲火一般，受他們同情心的吸引。此外，要樂觀。要散發你的熱忱。例如，一定要努力成為房間裡最開朗而且樂觀的人。當然，你的信心會很有感染力。同時，你應該藉由改善你的公眾形象而提升你的外表。要使你的禮貌和服裝變得文雅。要看起來聰明，而且行為舉止也要如此。

　　此外，受歡迎的人絕不會吹噓自己的成就。他們絕不會抱怨或批評。沒有人喜歡愛發牢騷的人。最後，你一定要稱讚別人。要恭賀他們的成功，要稱讚他們的努力，如果表現傑出，要第一個稱讚他們。要說些好話，否則什麼都別說。總之，受人歡迎並非遙不可及。要試試這些技巧。我相信你會覺得它們非常有效。

【註釋】

a fact of life　（難以改變的）人生的現實

advantage〔əd'væntɪdʒ〕*n.* 優勢　　*first choice* 首選；第一選擇

tried-and-true *adj.* 經考驗證明是可信的

for starters 首先　　impress〔ɪm'prɛs〕*v.* 使印象深刻

tell〔tɛl〕*v.* 看出；知道

instead〔ɪn'stɛd〕*adv.* 取而代之；相反地　　fake〔fek〕*adj.* 假的

draw〔drɔ〕*v.* 吸引　　moth〔mɔθ〕*n.* 蛾

flame〔flem〕*n.* 火焰　　radiate〔'redɪ,et〕*v.* 散發出

enthusiasm〔ɪn'θjuzɪ,æzəm〕*n.* 熱忱

for sure 確實地；當然的

infectious〔ɪn'fɛkʃəs〕*adj.* 有感染性的

meanwhile〔'min,hwaɪl〕*adv.* 同時　　attire〔ə'taɪr〕*n.* 服裝

sharp〔ʃɑrp〕*adj.* 聰明的

accordingly〔ə'kɔrdɪŋlɪ〕*adv.* 如前所說；相應地

whiner〔'hwaɪnɚ〕*n.* 發牢騷的人

ultimately〔'ʌltəmɪtlɪ〕*adv.* 最後（= *finally*）

within one's reach 在某人伸手可及的範圍

find〔faɪnd〕*v.* 發覺；覺得　　effective〔ə'fɛktɪv〕*adj.* 有效的

Unit 3 同義字整理

※ 重複地背，不斷地使用，單字能快速增加。

1. sincere〔sɪn'sɪr〕adj. 眞誠的
= honest〔'ɑnɪst〕adj. 誠實的
= earnest〔'ɝnɪst〕adj. 認眞的；
誠摯的

= real〔'rɪəl〕adj. 眞實的
= genuine〔'dʒɛnjʊɪn〕adj.
眞實的；誠懇的；眞正的
= authentic〔ɔ'θɛntɪk〕adj.
眞實的；可靠的；眞正的

* * *

= true〔tru〕adj. 眞實的
= truthful〔'truθfəl〕adj. 誠實
的；老實的；眞實的
= natural〔'nætʃərəl〕adj. 自然
的；不做作的

= frank〔fræŋk〕adj. 坦白的；
直率的
= candid〔'kændɪd〕adj. 坦白的
= straightforward
〔,stret'fɔrwəd〕adj. 正直的；
直率的；直接的；清楚的；老實的

2. modest〔'mɑdɪst〕adj. 謙虛的
= humble〔'hʌmbḷ〕adj. 謙虛的
= reserved〔rɪ'zɝvd〕adj. 保留
的；有所顧慮的；拘謹的

= simple〔'sɪmpḷ〕adj. 簡單的；
純眞的；不做作的
= discreet〔dɪ'skrit〕adj.
謹愼的
= unpretentious
〔,ʌnprɪ'tɛnʃəs〕adj. 不做作的；
不炫耀的；謙虛的

= unassuming〔,ʌnə'sumɪŋ〕
adj. 不裝模作樣的；不擺架子的
= retiring〔rɪ'taɪrɪŋ〕adj. 內向
的；客氣的；羞怯的；快退休的
= self-deprecating
〔,sɛlf'dɛprɪ,ketɪŋ〕adj. 非常謙
虛的；自我貶低的

3. Be a good listener.
要懂得傾聽。
= Be attentive. 要專心聽。
= Be open-minded.
要思想開明。

= Be mindful. 要注意聽。
= Be observant.
要觀察力敏銳。
= Be all ears. 要專心聽。

= Keep your ears open.
要隨時專心聽。
= Pay attention. 要專心聽。
= Stay focused. 要專注。

4. 　caring〔'kɛrɪŋ〕*adj.* 關心他人
　　的；體貼的；善解人意的
　　= loving〔'lʌvɪŋ〕*adj.* 充滿愛的
　　= kind〔kaɪnd〕*adj.* 體貼的；
　　　親切的

　　= receptive〔rɪ'sɛptɪv〕*adj.*
　　　感受性強的；樂意接納的
　　= sensitive〔'sɛnsətɪv〕*adj.*
　　　敏感的；感受敏銳的
　　= responsive〔rɪ'spɑnsɪv〕*adj.*
　　　易感動的；反應快的；敏感的；
　　　富有同情心的

　　= warm〔wɔrm〕*adj.* 熱心的
　　= warm-hearted
　　　〔'wɔrm'hartɪd〕*adj.* 體貼的；
　　　親切的；熱心的
　　= kind-hearted
　　　〔'kaɪnd'hartɪd〕*adj.* 親切的；
　　　好心的

　　= considerate〔kən'sɪdərɪt〕
　　　adj. 體貼的
　　= sympathetic〔,sɪmpə'θɛtɪk〕
　　　adj. 同情的
　　= compassionate
　　　〔kəm'pæʃənɪt〕*adj.* 同情的

5. 　optimistic〔,ɑptə'mɪstɪk〕
　　　adj. 樂觀的
　　= enthusiastic
　　　〔ɪn,θjuzɪ'æstɪk〕*adj.* 熱心的；
　　　熱情的
　　= encouraging〔ɪn'kɝdʒɪŋ〕
　　　adj. 激勵的；令人鼓舞的

　　= cheerful〔'tʃɪrfəl〕*adj.* 開朗
　　　的；快樂的
　　= confident〔'kɑnfədənt〕*adj.*
　　　有信心的
　　= carefree〔'kɛr,fri〕*adj.* 無憂
　　　無慮的

　　= pleasant〔'plɛznt〕*adj.* 開朗
　　　的；和藹可親的
　　= positive〔'pɑzətɪv〕*adj.* 樂觀
　　　的；積極的
　　= radiant〔'redɪənt〕*adj.* 容光
　　　煥發的；笑容滿面的

UNIT
3

6. 　enhance〔ɪn'hæns〕*v.* 提高；
　　　增進
　　= improve〔ɪm'pruv〕*v.* 改善
　　= polish〔'palɪʃ〕*v.* 擦亮；使高雅

　　= better〔'bɛtɚ〕*v.* 改善；改進
　　= refine〔rɪ'faɪn〕*v.* 使文雅；
　　　使高尚；提煉
　　= perfect〔pɚ'fɛkt〕*v.* 使完美

　　= boost〔bust〕*v.* 提高；增強
　　= elevate〔'ɛlə,vet〕*v.* 提高；
　　　使高尚
　　= upgrade〔'ʌp'gred〕*v.* 使升
　　　級；提升

將相同意思的字
放在一起背，較
有效果。

7.
- **boast** ﹝bost﹞ *v.* 自誇；吹牛
- = brag ﹝bræg﹞ *v.* 自誇；吹牛
- = talk big 誇耀；吹牛

- = praise *oneself* 稱讚自己
- = advertise *oneself* 自我宣傳
- = pat *oneself* on the back
  輕拍自己的背；得意；沾沾自喜

- = show off 炫耀
- = blow *one's* own horn
  自吹自擂；自誇；吹噓
- = exaggerate *one's* own
  merits 誇大自己的優點

8.
- **complain** ﹝kəm'plen﹞ *v.*
  抱怨
- = criticize ﹝'krɪtə,saɪz﹞ *v.*
  批評
- = grumble ﹝'grʌmbḷ﹞ *v.* 抱怨

- = nag ﹝næg﹞ *v.* 嘮叨
- = whine ﹝hwaɪn﹞ *v.* 發牢騷
- = bellyache ﹝'bɛlɪ,ek﹞ *v.*
  一直抱怨　*n.* 肚子痛

- = quarrel ﹝'kwɔrəl﹞ *v.* 吵架；
  抱怨；發牢騷
- = protest ﹝prə'tɛst﹞ *v.* 抗議；
  提出異議；反對
- = find fault 挑剔；抱怨

9.
- **compliment**
  ﹝'kɑmplə,mɛnt﹞ *v.* 稱讚
- = commend ﹝kə'mɛnd﹞ *v.* 稱讚
- = congratulate
  ﹝kən'grætʃə,let﹞ *v.* 祝賀；
  向～道賀

- = acclaim ﹝ə'klem﹞ *v.* 對…喝
  采；稱讚
- = applaud ﹝ə'plɔd﹞ *v.* 鼓掌；
  喝采；稱讚
- = praise ﹝prez﹞ *v.* 稱讚

- = salute ﹝sə'lut﹞ *v.* 向…敬禮；
  頌揚；讚揚
- = speak highly of 稱讚
- = say something nice about
  稱讚

背單字、背演講能夠
消除煩惱。

Unit 4 How to Be a Leader
如何成爲領導者

I. 先背 **9** 個核心關鍵句：

Be noble.
Be brave.
Be willing to risk failure.

Be selfless.
Be human.
Always put "the team" first.

Lead by example.
Commit yourself to excellence.
Inspire people to believe in
  themselves.

UNIT
4

　　這一回教你如何成爲領導者。做一位領導者，人格一定要高尚（**Be noble**.），要勇敢（Be brave.），要願意冒會失敗的風險（Be willing to risk failure.），

要無私 (**Be selfless.**)，要有人情味 (**Be human.**)，
要有團隊精神 (**Be a team player.**)。還要以身作則
(**Lead by example.**)，要盡力做到最好 (**Commit
yourself to excellence.**)，要激勵人們相信自己的力量
(**Inspire people to believe in themselves.**)。難得活
一次，當領導者，可以把自己的理想付諸實現。

II. 背關鍵句中的同義字：

> # 1. Be noble. (人格要高尚。)

> **noble** ﹝'nobl̩﹞ *adj.* 高貴的；高尚的
> = worthy ﹝'wɝðɪ﹞ *adj.* 值得的；值得尊敬的；
>   值得重視的
> = trustworthy ﹝'trʌst,wɝðɪ﹞ *adj.* 值得信任的

* 後兩個字都有 worthy。Be worthy. 字面的意思是「要
是值得的。」引申為「要值得讓人尊敬。；要值得受重視。」
背短句太重要了，沒有背過這句話，你就不敢用。

> = upright ﹝'ʌp,raɪt﹞ *adj.* 正直的
> = righteous ﹝'raɪtʃəs﹞ *adj.* 公正的；正直的
> = virtuous ﹝'vɝtʃuəs﹞ *adj.* 有品德的；品行端正的

* 前兩個字中有 right，righteous 和 virtuous 字尾都是
ous，三個字一起背，更容易。

UNIT
4

$\left\{\begin{array}{l}\end{array}\right.$ = honest〔'ɑnɪst〕*adj.* 誠實的；正直的

= honorable〔'ɑnərəbl̩〕*adj.* 可敬的；高尚的

= just〔dʒʌst〕*adj.* 正直的；公正的　*adv.* 只是；

僅僅；剛剛

* 前兩個字是 honest 的家族。

【比較】honorary〔'ɑnə‚rɛrɪ〕*adj.* 榮譽的

*　　*　　*

= moral〔'mɔrəl〕*adj.* 有道德的；品性端正的；

道德的

= ethical〔'ɛθɪkl̩〕*adj.* 合乎道德的；道德的

= conscientious〔‚kɑnʃɪ'ɛnʃəs〕*adj.* 有良心的；

誠實的；負責盡職的【來自 con¦science *n.* 良心

all ¦ 科學

（大家都認為是科學的，科學的即是對的）】

UNIT

4

* 前兩個字的字尾是 al。

= principled〔'prɪnsəpl̩d〕*adj.* 堅持原則的；

講道義的

= high-minded〔'haɪ'maɪndɪd〕*adj.* 品格高尚的

= aboveboard〔ə'bʌv‚bord〕*adj.* 光明正大的；

光明磊落的（= *above-board* = *above board*）

【源自賭博時把兩手放在檯面上】

* 前兩個字字尾都是 ed。如果不背句子，誰敢用 Be

principled.。

上面 15 個同義字背至 8 秒內，終生不忘記。

背完同義字，再背同義句，這些句子一生都用得到。

> **Be noble**.
> = Be *worthy*. (要值得讓人尊敬。)
> = Be *trustworthy*. (要值得讓人信任。)

> = Be *upright*. (要正直。)
> = Be *righteous*. (要正直。)
> = Be *virtuous*. (品性要端正。)

> = Be *honest*. (要誠實。)
> = Be *honorable*. (人格要高尚。)
> = Be *just*. (要正直。)

＊　　＊　　＊

> = Be *moral*. (品性要端正。)
> = Be *ethical*. (行為舉止要合乎道德。)
> = Be *conscientious*. (要有良心。)

> = Be *principled*. (要堅持原則。)
> = Be *high-minded*. (品格要高尚。)
> = Be *aboveboard*. (做事要光明正大。)

背這些句子可以激勵自己，
說出來，可以激勵他人。

2. Be brave. (要勇敢。)

> **brave** 〔 brev 〕 *adj.* 勇敢的
> = bold 〔 bold 〕 *adj.* 大膽的;勇敢的
> = courageous 〔 kəˈredʒəs 〕 *adj.* 有勇氣的;勇敢的
> 【courage 〔ˈkɝɪdʒ 〕 *n.* 勇氣】

* 前兩個字是 b 開頭。

> = fearless 〔ˈfɪrlɪs 〕 *adj.* 不怕的;無畏的;大膽的
> = unafraid 〔͵ʌnəˈfred 〕 *adj.* 不怕的
> = adventurous 〔 ədˈvɛntʃərəs 〕 *adj.* 愛冒險的;大膽的

* fearless 和 unafraid 都表示「不害怕的」,不害怕就愛冒險。

> = daring 〔ˈdɛrɪŋ 〕 *adj.* 大膽的;勇敢的
> = unshrinking 〔 ʌnˈʃrɪŋkɪŋ 〕 *adj.* 堅定的;不退縮的
> = valiant 〔ˈvæljənt 〕 *adj.* 勇敢的;英勇的

* 前兩個字都是 ing 結尾。
 dare 〔 dɛr 〕 *v.* 敢　　shrink 〔 ʃrɪŋk 〕 *v.* 退縮;縮水

這 9 個同義字背至 5 秒內,終生不忘記。

背完同義字,再背同義句:

> **Be brave**.
> = Be *bold*. (要大膽。)
> = Be *courageous*. (要有勇氣。)

UNIT
4

$\left\{\begin{array}{l}\end{array}\right.$ = Be *fearless*. (要無所畏懼。)
= Be *unafraid*. (要不害怕。)
= Be *adventurous*. (要有冒險精神。)

$\left\{\begin{array}{l}\end{array}\right.$ = Be *daring*. (膽子要大。)
= Be *unshrinking*. (要堅定、不退縮。)
= Be *valiant*. (要勇敢。)

UNIT 4

3. Be willing to risk failure.
(要願意冒會失敗的風險。)

$\left\{\begin{array}{l}\end{array}\right.$ **willing**〔'wɪlɪŋ〕*adj.* 願意的
= inclined〔ɪn'klaɪnd〕*adj.* 想 (做某事) 的；有…傾向的
= prepared〔prɪ'pɛrd〕*adj.* 有心理準備的；準備好的

* 後兩個字是 ed 結尾。
be prepared 等於 prepare，prepare 這個字主動和被動
意義相同。(詳見「文法寶典」p.389)

$\left\{\begin{array}{l}\end{array}\right.$ = pleased〔plizd〕*adj.* 高興的
= happy〔'hæpɪ〕*adj.* 高興的
= content〔kən'tɛnt〕*adj.* 滿意的；滿足的；甘願的
(= *contented*)

$\left\{\begin{array}{l}\end{array}\right.$ = ready〔'rɛdɪ〕*adj.* 已準備好的；隨時可以的
= eager〔'igɚ〕*adj.* 渴望的；很想做的
= keen〔kin〕*adj.* 熱心的；渴望的

這 9 個同義字背至 5 秒內，終生不忘記。

背完同義字,再背同義句:

> **Be willing to risk failure.**
> = Be *inclined* to risk failure. (要想到可能會失敗。)
> = Be *prepared* to risk failure.
> (要有可能會失敗的心理準備。)

> = Be *pleased* to risk failure. (要樂意冒會失敗的風險。)
> = Be *happy* to risk failure. (要樂意冒會失敗的風險。)
> = Be *content* to risk failure. (要甘願冒會失敗的風險。)

> = Be *ready* to risk failure. (要準備好冒會失敗的風險。)
> = Be *eager* to risk failure. (要很想冒會失敗的風險。)
> = Be *keen* to risk failure. (要渴望冒會失敗的風險。)

UNIT
4

4. Be selfless. (要無私。)

> **selfless** 〔'sɛlflɪs 〕 *adj.* 無私的【*selfishless* (誤)】
> = unselfish 〔 ʌn'sɛlfɪʃ 〕 *adj.* 不自私的
> = self-sacrificing 〔ˌsɛlf'sækrəˌfaɪsɪŋ 〕 *adj.* 自我犧牲的
> * 這三個字都有 self。

> = big-hearted 〔'bɪg'hɑrtɪd 〕 *adj.* 仁慈的;寬宏大量的;
>   慷慨的
> = open-hearted 〔ˌopən'hɑrtɪd 〕 *adj.* 慷慨的;大方的
> = open-handed 〔ˌopən'hændɪd 〕 *adj.* 慷慨的;大方的

> * 這三個字都是複合形容詞,都是 ed 結尾。
> 【比較】open-minded *adj.* 思想開明的;無偏見的

= charitable〔'tʃærətəbl̩〕adj.
　慈善的；仁慈的

= bene¦vol¦ent〔bə'nɛvələnt〕adj.
　good¦will¦adj.
　仁慈的；親切的

= phil¦anthrop¦ic〔ˌfɪlən'θrɑpɪk〕adj.
　love¦man¦adj.
　仁慈的；博愛的；慈善的

【philanthropist〔fə'lænθrəpɪst〕n. 慈善家】

這三個單字合在一起背反倒簡單。

* 這三個字都有「仁慈的」意思。

bene¦fit〔'bɛnəfɪt〕n. 利益
good¦do

volunt¦ary〔'vɑlənˌtɛrɪ〕adj. 自願的
will¦adj.

anthrop¦ology〔ˌænθrə'pɑlədʒɪ〕n. 人類學
man¦study

UNIT
4

這9個同義字背至5秒內，終生不忘記。

背完同義字，再背同義句：

Be selfless.
= Be *unselfish*.（要不自私。）
= Be *self-sacrificing*.（要自我犧牲。）

= Be *big-hearted*.（要寬宏大量。）
= Be *open-hearted*.（要慷慨。）
= Be *open-handed*.（要慷慨。）

= Be *charitable*.（要仁慈。）
= Be *benevolent*.（要仁慈。）
= Be *philanthropic*.（要博愛。）

5. Be human. (要有人情味。)

human〔'hjumən〕*adj.* 有人性的；有人情味的；人類的
= humane〔hju'men〕*adj.* 人道的；有人情味的；
慈悲的；親切的
= natural〔'nætʃərəl〕*adj.* 自然的；平常的

* 前兩個字拼字接近，發音不同。

= kind〔kaɪnd〕*adj.* 親切的；好心的
= kindly〔'kaɪndlɪ〕*adj.* 親切的；和藹的；慈祥的
= mortal〔'mɔrtl̩〕*adj.* 難逃一死的；必死的；凡人的；
普通人的

* 前兩個字有 kind。mortal 一般是作「致命的；必死的」解，
但 Be mortal. 在這裡的意思是「要像普通人一樣。」也就是
「要有人情味。」

= understanding〔ˌʌndɚ'stændɪŋ〕*adj.* 明理的；
體諒的
= approachable〔ə'protʃəbl̩〕*adj.* 可親近的；易親近的
= compassionate〔kəm'pæʃənɪt〕*adj.*
有同情心的 (= *sympathetic*)

背完同義字，再背同義句：

Be human.
= Be *humane*. (要有人情味。)
= Be *natural*. (要自然。)

背完才知道
Be human. 和
Be humane.
的用法。

> = Be *kind*. (心地要好。)
> = Be *kindly*. (要親切。)
> = Be *mortal*. (要有人情味。)

> = Be *understanding*. (要體諒別人。)
> = Be *approachable*. (你要讓人可以親近。)
> = Be *compassionate*. (要有同情心。)

6. Always put "the team" first.

(總是把「團隊」放在第一位。)

> Always put "the team" first.
> = There is no "I" in team. 【加引號用於加強語氣】
> (團隊裡面沒有個人。)

> = Believe in teamwork. (要相信團隊合作的力量。)
> = Be a team player. (要有團隊精神。)

* *believe in* 相信…是好的；相信…的力量；信任
teamwork (ˈtimˌwɝk) *n.* 團隊合作
team player 有團隊精神的人

> = Consider the greater good.
> (要考慮大多數人的利益。)
> = Consider the benefit of all people.
> (要考慮所有人的利益。)
> = Consider what's best for everyone.
> (要考慮什麼對大家最好。)

* consider (kənˈsɪdɚ) *v.* 考慮　　good (gʊd) *n.* 利益；好處

7. **Lead by example.**（要以身作則。）

Lead by example.
= Example is better than precept.
（以身作則勝過口頭告誡；身教勝於言教。）

* example〔ɪgˈzæmpḷ〕*n.* 榜樣
  precept〔ˈprisɛpt〕*n.* 教誨；訓誡

= Deeds, not words.（坐而言，不如起而行。）
= Actions speak louder than words.
（行動勝於言辭。）

* deed〔dɪd〕*n.* 行為
  Deeds, not words. 要當成慣用句來看，無法用文法規則
  說明。

= Show, don't tell.（不要光說不練。）
= Practice what you preach.
（要實行你所講的道理；要躬行己說。）
= Be a model for others to follow.
（要當個能讓別人效法的典範。）

* show〔ʃo〕*v.* 顯現；展示　　practice〔ˈpræktɪs〕*v.* 實行
  preach〔pritʃ〕*v.* 說教　　model〔ˈmɑdḷ〕*n.* 模範
  follow〔ˈfɑlo〕*v.* 模仿；仿效

Show, don't tell. 按照文法規則，應該是 "*Show.
Don't tell.*（誤）" 或 "*Show, and don't tell.*（誤）"，
但是美國人都不這麼用。再次證明，靠文法造句很危
險，應背短句，不是所有的句子都可以用文法來分析。

8. Commit yourself to excellence.

（要盡力做到最好。）

commit *oneself* to　專心致力於
= dedicate *oneself* to
= devote *oneself* to

這些片語同學最不會，但考試常考。

= be committed to
= be dedicated to
= be devoted to

* commit〔kə'mɪt〕*v.* 委託；犯（罪）

committee〔kə'mɪtɪ〕*n.* 委員會

commit suicide　自殺

commit oneself to　專心致力於

dedicate〔'dɛdə,ket〕*v.* 奉獻；致力於

devote〔dɪ'vot〕*v.* 奉獻；致力於

Commit yourself to excellence.

= *Dedicate yourself to* excellence.

（要盡力做到最好。）

= *Devote yourself to* excellence.

（要盡力做到最好。）

* excellence〔'ɛksḷəns〕*n.* 優秀；卓越

{
= **Be committed to** excellence. (要盡力做到最好。)
= **Be dedicated to** excellence. (要盡力做到最好。)
= **Be devoted to** excellence. (要盡力做到最好。)

= Strive to be the best. (要努力做到最好。)

* strive〔straɪv〕*v.* 努力

---

9. Inspire people to believe in themselves.
(要激勵大家相信自己的力量。)

UNIT
4

{
inspire〔ɪn'spaɪr〕*v.* 激勵
= motivate〔'motə,vet〕*v.* 激勵
= move〔muv〕*v.* 促使；驅使

{
= encourage〔ɪn'kɝɪdʒ〕*v.* 鼓勵
= persuade〔pɚ'swed〕*v.* 說服
= influence〔'ɪnfluəns〕*v.* 影響

{
= inspirit〔ɪn'spɪrɪt〕*v.* 激勵
= spur〔spɝ〕*v.* 激勵
= cause〔kɔz〕*v.* 使

* believe〔bə'liv〕*v.* 相信 (～的話)
believe in 相信…的力量

這9個同義字背至5秒內，終生不忘記。

背完同義字，再背同義句：

Inspire people to believe in themselves.

= *Motivate* people to believe in themselves.

（要激勵大家相信自己的力量。）

= *Move* people to believe in themselves.

（要使大家相信自己的力量。）

= *Encourage* people to believe in themselves.

（要鼓勵大家相信自己的力量。）

= *Persuade* people to believe in themselves.

（要說服大家相信自己的力量。）

= *Influence* people to believe in themselves.

（要影響大家相信自己的力量。）

= *Inspirit* people to believe in themselves.

（要激勵大家相信自己的力量。）

= *Spur* people to believe in themselves.

（要激勵大家相信自己的力量。）

= *Cause* people to believe in themselves.

（要使大家相信自己的力量。）

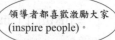

領導者都喜歡激勵大家 (inspire people)。

Ⅲ. **短篇演講**：用所背過的 9 個關鍵句，加上開場白、轉承語和結尾，就可組成短篇演講。

Welcome everyone.（歡迎大家。）
Do you want to be a leader?（你想成為領導者嗎？）
Let me tell you how.（讓我來告訴你該怎麼做。）

For openers, be noble.（首先，人格要高尚。）
Be brave.（要勇敢。）
Be willing to risk failure.（要願意冒會失敗的風險。）

Furthermore, be selfless.
（此外，要無私。）
Be human.（要有人情味。）
Always put "the team" first.
（一定要把「團隊」放在第一位。）

Most important of all, lead by example.
（最重要的是，要以身作則。）
Commit yourself to excellence.（要盡力做到最好。）
Inspire people to believe in themselves.
（要激勵大家相信自己的力量。）

Thank you so much for coming.
（非常謝謝大家來到這裡。）
Now we all know what it takes to be a leader.
（現在我們都知道成為領導者該具備的條件。）
Now it's your turn to lead.（現在輪到你來當領導者了。）

---

* *what it takes* 字面的意思是「所需要的能力」(= *the ability that
it takes*)，引申為「能力」(= *ability*)。【詳見「一口氣背會話」p.694】

IV. 長篇演講：背完同義字和同義句，就可發表精彩的長篇
演講。背完有感情後，說起來才有信心。

How to Be a Leader
（如何成為領導者）

Ladies and gentlemen.	各位先生，各位女士。
Welcome and thanks for showing up.	歡迎大家，謝謝你們來。
I have something important to share with you.	我有重要的事要告訴你們。
There are two types of people in the world.	這世界上有兩種人。
There are leaders.	有一種是領導者。
And there are followers.	有一種是追隨者。
Which one are you?	你是哪一種？
Are you a follower who wants to be a leader?	你是個想成為領導者的追隨者嗎？
Let me tell you how.	讓我來告訴你該怎麼做。
First, be noble.	首先，人格要高尚。
Be worthy and trustworthy.	要值得尊敬，而且值得信任。
You must be an upright, righteous, and virtuous person.	你必須是個正直、公正，而且品性端正的人。
Be honest.	要誠實。
Be honorable and just.	要高尚，而且正直。
You should let people know you are moral, ethical, and conscientious.	你應該讓人們知道你是個品性端正、有道德感，而且負責盡職的人。

UNIT
4

Second, be brave.	第二，要勇敢。
Be bold and courageous.	要大膽，而且有勇氣。
Be fearless, unafraid, and adventurous.	要無所畏懼、不害怕，而且勇於冒險。
Be daring.	膽子要大。
Be unshrinking.	要堅定、不退縮。
In the face of adversity, you should be valiant.	面對逆境時，你應該要勇敢。
Third, be willing to risk failure.	第三，要願意冒會失敗的風險。
Be inclined and prepared to face difficulties.	要想到並準備好面對困難。
You must be pleased, happy, and content to accept challenges.	你必須要非常高興，並甘願接受挑戰。
Be ready to make mistakes.	要做好犯錯的準備。
Profit from failure.	要從失敗中獲益。
You should be eager and keen to learn from experience.	你應該要很渴望從經驗中學習。
Fourth, be selfless.	第四，要無私。
Be unselfish.	要不自私。
You should be self-sacrificing.	你應該要自我犧牲。

UNIT
4

Be big-hearted.	要寬宏大量。
Be open-hearted.	要慷慨。
A charitable, benevolent, and philanthropic man wins everything.	一個仁慈而且博愛的人能獲得一切。
Fifth, be human.	第五，要有人情味。
Be humane.	要有人性。
Be kind to everyone.	待人要親切。
Be understanding.	要體諒別人。
Be approachable.	你要讓人可以親近。
A true leader should be compassionate.	真正的領導者應該要有同情心。
Sixth, always put "the team" first.	第六，總是把「團隊」放在第一位。
There is no "I" in team.	團隊裡沒有「個人」。
Believe in teamwork.	要相信團隊合作的力量。
Consider the greater good.	要考慮大多數人的利益。
Consider the benefit of all people.	要考慮所有人的利益。
Consider what's best for everyone.	要考慮什麼對大家最好。
Seventh, lead by example.	第七，要以身作則。
Example is better than precept.	身教勝於言教。
Actions speak louder than words.	行動勝於言辭。

UNIT 4

Show, don't tell.	不要光說不練。
Practice what you preach.	要躬行己說。
Be a model for others to follow.	要當個能讓別人效法的典範。
Eighth, commit yourself.	第八，要專心。
Dedicate yourself.	要投入。
Devote yourself to excellence and strive to be the best.	要盡力做到最好，要努力做到最好。
Ninth, inspire people.	第九，要激勵大家。
Motivate them.	要激勵他們。
Move and encourage them to believe in themselves.	要驅使並鼓勵他們相信自己的力量。
Influence people.	要影響大家。
Inspirit people.	要激勵大家。
Cause people to be the best they can be.	要使大家盡力做到最好。
So now it's up to you.	現在一切都要由你決定了。
Do you want to be a leader?	你想當個領導者嗎？
Now is your chance.	現在就是你的機會。
Thank you.	謝謝大家。

UNIT
4

V. **短篇作文**：用背過的 9 個關鍵句，和部份同義句，加上
轉承語，就可寫出精彩作文。

How to Be a Leader

What does it take to be a leader? *For openers*,
you must be noble and brave. Be willing to risk
failure. *Furthermore*, you must be selfless. Be
human, and always put "the team" first.

Most important of all, you should lead by
example. Actions speak louder than words. Be a
model for others to follow. *To be sure*, you should
work harder than anyone else. *All in all*, commit
yourself to excellence. True leaders inspire
people to believe in themselves.

【中文翻譯】

如何成爲領導者

領導者必須具備什麼條件？首先，人格必須要高尚，
而且要勇敢。要願意冒會失敗的風險。此外，必須要無私。
要有人情味，並且總是把「團隊」放在第一位。

最重要的是，應該要以身作則。行動勝於言辭。要當
個能讓別人效法的典範。當然，應該要比任何人都努力。
總之，要盡力做到最好。眞正的領導者會激勵大家相信自
己的力量。

VI. **長篇作文**：背完同義字和同義句，肚子有貨，才能寫出
長篇作文。

How to Be a Leader

What does it take to be a leader? *First of all*, you
must be noble, worthy, and trustworthy. You should
let people know you are an upright, righteous, and
just person. *No doubt*, you should be virtuous, honest,
and honorable. Being moral, ethical, and conscientious
is important, *too*. Whatever you do has to be principled,
high-minded, and aboveboard.

UNIT
4

Second, to be a leader, you must be brave, bold, and
courageous. Be fearless, unafraid, and adventurous.
When you are faced with difficulties, you should
always be daring, unshrinking, and valiant. *Third*,
you must be willing to risk failure. You must be ready,
prepared, and eager for more challenges. Be inclined
and keen to take chances. A brave man is happy,
pleased, and content in the face of adversity.

Fourth, a true leader must be selfless, unselfish,
and self-sacrificing. People like to follow a big-hearted,
open-hearted, and open-handed person. A charitable,

benevolent, and philanthropic man wins everything.
Fifth, to err is human. A good leader should be
humane and natural. He should be kind and
compassionate to everyone. He should also be
mortal, understanding, and approachable.

In addition, if you want to be a leader, remember
that there is no "I" in team. Always put "the team"
first. A leader not only believes in teamwork but
also tries hard to be a team player. He has to
consider the greater good. *In other words*, he has to
consider the benefit of all people and decide what's
best for everyone. *What's more*, actions speak
louder than words. Example is better than precept.
A leader should lead by example. He needs to
practice what he preaches and be a model for others
to follow.

Most important of all, you must commit yourself
to excellence, dedicate yourself to your cause, and
be devoted to achieving perfection. Keep striving
to be the best. *All in all*, you should keep in mind
that a good leader can inspire people to believe in
themselves. You should make every effort to

motivate and encourage others, and persuade them to
improve themselves. A successful leader will have
a positive influence on those around him.

【中文翻譯】

如何成為領導者

　　要成為領導者必須具備什麼條件？首先，你必須人格要
高尚，要值得尊敬，而且值得信任。你應該讓大家知道你是
個非常正直而且公正的人。無疑地，你應該要品行端正、誠
實，而且高尚。有道德感、行為舉止合乎道德，而且負責盡
職也是很重要的。你的所做所為必須要有原則，還要品格高
尚，並且光明磊落。

　　第二，要成為領導者，你必須勇敢、大膽，而且有勇氣。
要無所畏懼、不害怕，並且勇於冒險。當你面對困難時，一
定要大膽、不退縮，而且勇敢。第三，你必須願意冒會失敗
的風險。你必須做好準備，渴望有更多的挑戰。要想到並渴
望冒險。勇敢的人面對逆境時會高興、快樂，並且滿足。

　　第四，真正的領導者必須無私、不自私，並且願意自我
犧牲。大家都喜歡跟隨一個心胸寬大，而且非常慷慨的人。
一個仁慈且博愛的人能獲得一切。第五，犯錯是人之常情。
好的領導者應該要有人情味，並且自然不做作。他應該要待
人親切而且有同情心。他也應該要有人情味、能體諒別人，
並且要讓別人可以親近。

UNIT
4

　　此外，如果你想成為領導者，要記得在團隊裡沒有「個人」。一定要把「團隊」放在第一位。一個領導者不僅會相信團隊合作的力量，也會努力發揮團隊精神。他必須考慮到大多數人的利益。換句話說，他必須考慮到所有人的利益，並判定什麼對大家最好。此外，行動勝於言辭。身教勝於言教。領導者應該要以身作則。他必須躬行己說，並成為別人可以效法的典範。

　　最重要的是，你必須盡力做到最好，致力於達成目標，並且要努力達到完美。要持續努力做到最好。總之，你應該牢記，一位好的領導者能激勵大家相信自己的力量。你應該盡力激勵並鼓勵別人，說服他們自我改進。成功的領導者會對周圍的人有正面的影響。

【註釋】

take〔tek〕v. 需要　　***be faced with*** 面對（＝*face*）
take chances 冒險　　***in the face of*** 面對
adversity〔əd'vɝsətɪ〕n. 逆境
win〔wɪn〕v. 贏得；獲得　　err〔ɝ〕v. 犯錯
To err is human.【諺】犯錯是人之常情。
cause〔kɔz〕n. 主張；目的；目標
achieve〔ə'tʃiv〕v. 達到
perfection〔pɚ'fɛkʃən〕n. 完美　　***all in all*** 總之
keep~in mind 把~牢記在心　　***make every effort to V.*** 盡力~
positive〔'pɑzətɪv〕adj. 正面的

Unit 4 同義字整理

※ 重複地背，不斷地使用，單字能快速增加。

1. **noble** (ˋnobḷ) *adj.* 高貴的；高尚的
= worthy (ˋwɝðɪ) *adj.* 值得的；值得尊敬的；值得重視的
= trustworthy (ˋtrʌst͵wɝðɪ) *adj.* 值得信任的

= upright (ˋʌp͵raɪt) *adj.* 正直的
= righteous (ˋraɪtʃəs) *adj.* 公正的；正直的
= virtuous (ˋvɝtʃʊəs) *adj.* 有品德的；品行端正的

= honest (ˋɑnɪst) *adj.* 誠實的；正直的
= honorable (ˋɑnərəbḷ) *adj.* 可敬的；高尚的
= just (dʒʌst) *adj.* 正直的；公正的　*adv.* 只是；僅僅；剛剛

* * *

= moral (ˋmɔrəl) *adj.* 有道德的；品性端正的；道德的
= ethical (ˋɛθɪkḷ) *adj.* 合乎道德的；道德的
= conscientious (͵kɑnʃɪˋɛnʃəs) *adj.* 有良心的；誠實的；負責盡職的

= principled (ˋprɪnsəpḷd) *adj.* 堅持原則的；講道義的
= high-minded (ˋhaɪˋmaɪndɪd) *adj.* 品格高尚的
= aboveboard (əˋbʌv͵bord) *adj.* 光明正大的；光明磊落的

2. **brave** (brev) *adj.* 勇敢的
= bold (bold) *adj.* 大膽的；勇敢的
= courageous (kəˋredʒəs) *adj.* 有勇氣的；勇敢的

= fearless (ˋfɪrlɪs) *adj.* 不怕的；無畏的；大膽的
= unafraid (͵ʌnəˋfred) *adj.* 不怕的
= adventurous (ədˋvɛntʃərəs) *adj.* 愛冒險的；大膽的

= daring (ˋdɛrɪŋ) *adj.* 大膽的；勇敢的
= unshrinking (ʌnˋʃrɪŋkɪŋ) *adj.* 堅定的；不退縮的
= valiant (ˋvæljənt) *adj.* 勇敢的；英勇的

UNIT
4

UNIT
4

3. willing〔'wɪlɪŋ〕adj. 願意的
= inclined〔ɪn'klaɪnd〕adj.
想（做某事）；有…傾向的
= prepared〔prɪ'pɛrd〕adj.
有心理準備的；準備好的

= pleased〔plizd〕adj. 高興的
= happy〔'hæpɪ〕adj. 高興的
= content〔kən'tɛnt〕adj.
滿意的；滿足；甘願的

= ready〔'rɛdɪ〕adj. 已準備好的；
隨時可以的
= eager〔'igɚ〕adj. 渴望的；
很想做的
= keen〔kin〕adj. 熱心的；
渴望的

4. selfless〔'sɛlflɪs〕adj. 無私的
= unselfish〔ʌn'sɛlfɪʃ〕adj.
不自私的
= self-sacrificing
〔,sɛlf'sækrə,faɪsɪŋ〕adj. 自我
犧牲的

= big-hearted〔'bɪg'hɑrtɪd〕adj.
仁慈的；寬宏大量的；慷慨的
= open-hearted〔,opən'hɑrtɪd〕
adj. 慷慨的；大方的
= open-handed
〔,opən'hændɪd〕adj. 慷慨的；
大方的

= charitable〔'tʃærətəbl̩〕adj.
慈善的；仁慈的
= benevolent〔bə'nɛvələnt〕
adj. 仁慈的；親切的
= philanthropic
〔,fɪlən'θrɑpɪk〕adj. 仁慈的；
博愛的；慈善的

5. human〔'hjumən〕adj.
有人性的；有人情味的；人類的
= humane〔hju'men〕adj.
人道的；有人情味的；慈悲的；
親切的
= natural〔'nætʃərəl〕adj.
自然的；平常的

= kind〔kaɪnd〕adj. 親切的；
好心的
= kindly〔'kaɪndlɪ〕adj. 親切
的；和藹的；慈祥的
= mortal〔'mɔrtl̩〕adj. 難逃一
死的；凡人的；普通人的

= understanding
〔,ʌndɚ'stændɪŋ〕adj. 明理
的；體諒的
= approachable
〔ə'protʃəbl̩〕adj. 可親近的；
易親近的
= compassionate
〔kəm'pæʃənɪt〕adj. 有同情
心的

6. **Always put "the team" first**. 總是把「團隊」放在第一位。
= There is no "I" in team. 團隊裡面沒有個人。

= Believe in teamwork. 要相信團隊合作的力量。
= Be a team player. 要有團隊精神。

= Consider the greater good. 要考慮大多數人的利益。
= Consider the benefit of all people. 要考慮所有人的利益。
= Consider what's best for everyone. 要考慮什麼對大家最好。

7. **Lead by example.** 要以身作則。
= Example is better than precept. 以身作則勝過口頭告誡；身教勝於言教。

= Deeds, not words. 坐而言，不如起而行。
= Actions speak louder than words. 行動勝於言辭。

= Show, don't tell. 不要光說不練。
= Practice what you preach. 要實行你所講的道理；要躬行己說。
= Be a model for others to follow. 要當個能讓別人效法的典範。

8. **commit *oneself* to** 專心致力於
= dedicate *oneself* to
= devote *oneself* to

= be committed to
= be dedicated to
= be devoted to

9. **inspire**〔ɪn'spaɪr〕*v.* 激勵
= motivate〔'motə,vet〕*v.* 激勵
= move〔muv〕*v.* 促使；驅使

= encourage〔ɪn'kɝɪdʒ〕*v.* 鼓勵
= persuade〔pɚ'swed〕*v.* 說服
= influence〔'ɪnfluəns〕*v.* 影響

= inspirit〔ɪn'spɪrɪt〕*v.* 激勵
= spur〔spɝ〕*v.* 激勵
= cause〔kɔz〕*v.* 使

UNIT
4

Unit 5 How to Change a Bad Mood
如何改變壞心情

I. 先背 9 個核心關鍵句：

> **Don't get mad**.
> Think positive.
> Seek an outlet.
>
> **Get some exercise**.
> Go see a movie.
> Do a good deed.
>
> **Do something fun**.
> Invite a buddy to a meal.
> Recite One Breath English.

想要改變壞心情，第一是不要生氣 (**Don't get mad**.)，要正面思考 (Think positive.)。心情不好的時候，要尋找發洩的管道 (Seek an outlet.)，例如：做運動 (**Get some exercise**.)、去看場電影 (Go see a movie.)，或是做一件好事 (Do a good deed)。

做一件有趣的事 (**Do something fun.**) 就可以忘卻煩人的事情了。你也可以邀請一個好朋友吃頓飯 (Invite a buddy to a meal.)，聊聊天，抒發一下心情。最後，如果所有的建議都沒有效果，就背「一口氣英語」吧 (Recite One Breath English.)。

II. 背關鍵句中的同義字：

---

1. Don't get mad. (不要生氣。)

> **mad** 〔 mæd 〕 *adj.* 瘋狂的；氣瘋的；生氣的
> = angry 〔 'æŋgrɪ 〕 *adj.* 生氣的；憤怒的
> = upset 〔 ʌp'sɛt 〕 *adj.* 煩亂的；不高興的　*v.* 使生氣

* 由簡單到難。

> = uptight 〔 ʌp'taɪt 〕 *adj.* 緊張的；煩躁不安的；生氣的
> = resentful 〔 rɪ'zɛntfəl 〕 *adj.* 氣憤的；憤恨的
> = indignant 〔 ɪn'dɪgnənt 〕 *adj.* 氣憤的；憤慨的

* 由短到長，uptight 配合上面的 upset。

*　　*　　*

> = annoyed 〔 ə'nɔɪd 〕 *adj.* 心煩的；惱怒的；生氣的
> = irritated 〔 'ɪrə,tetɪd 〕 *adj.* 發怒的；生氣的
> = infuriated 〔 ɪn'fjʊrɪ,etɪd 〕 *adj.* 憤怒的

* 這三個字都是 ed 結尾，來自動詞，後面兩個字都是 i 開頭。
annoy 〔 ə'nɔɪ 〕 *v.* 使心煩；使惱怒；使生氣
irritate 〔 'ɪrə,tet 〕 *v.* 激怒
infuriate 〔 ɪn'fjʊrɪ,et 〕 *v.* 激怒

UNIT
5

$\left\{\begin{array}{l} \text{= pissed off 生氣的} \\ \text{= up in arms 生氣的；憤慨的；武裝反叛} \\ \text{= hot under the collar 生氣的；發怒的} \end{array}\right.$

* pissed off 配合上一句的 ed 結尾形容詞。

piss〔pɪs〕*v. n.* 小便　　***pissed off*** 生氣的（= *annoyed* ）

in arms 準備作戰（= *ready for war* ）【arms *n. pl.* 武器】

get up in arms 字面的意思是「站起來準備作戰」，引申為

「生氣」（= *get indignant* ）。

collar〔ˈkɑlɚ〕*n.* 衣領　　【比較】color〔ˈkʌlɚ〕*n.* 顏色

hot under the collar 源自生氣時脖子紅得發熱。

背完同義字，再背同義句：

只要看到你的朋友生氣，就可以連續說好幾句英文。

$\left\{\begin{array}{l} \textbf{Don't get mad.} \\ \text{= Don't } \textbf{\textit{get angry}}. \text{（不要生氣。）} \\ \text{= Don't } \textbf{\textit{get upset}}. \text{（不要生氣。）} \end{array}\right.$

$\left\{\begin{array}{l} \text{= Don't } \textbf{\textit{get uptight}}. \\ \text{（不要生氣；不要緊張。）} \\ \text{= Don't } \textbf{\textit{get resentful}}. \text{（不要氣憤。）} \\ \text{= Don't } \textbf{\textit{get indignant}}. \text{（不要氣憤。）} \end{array}\right.$

* * *

$\left\{\begin{array}{l} \text{= Don't } \textbf{\textit{get annoyed}}. \text{（不要心煩；不要生氣。）} \\ \text{= Don't } \textbf{\textit{get irritated}}. \text{（不要生氣。）} \\ \text{= Don't } \textbf{\textit{feel infuriated}}. \text{（不要生氣。）} \end{array}\right.$

$\left\{\begin{array}{l} \text{= Don't } \textbf{\textit{get pissed off}}. \text{（不要生氣。）} \\ \text{= Don't } \textbf{\textit{get up in arms}}. \text{（不要生氣。）} \\ \text{= Don't } \textbf{\textit{get hot under the collar}}. \text{（不要發火。）} \end{array}\right.$

UNIT
5

下面也是同義句：

$\Big\{$ 　**Don't get mad.**
= Don't *lose your temper*.（不要發脾氣。）

$\Big\{$ = Don't *lose your cool*.（不要發脾氣。）
= Don't *blow your stack*.（不要發脾氣。）

* temper（ˈtɛmpɚ）*n.* 脾氣
lose one's temper 發脾氣　　cool（kul）*n.* 冷靜
lose one's cool 失去冷靜；發脾氣
blow（blo）*v.* 吹動；爆炸
stack（stæk）*n.* 煙囪；一堆；乾草堆
blow one's stack 發怒；發脾氣

blow one's stack 字面意思是「把某人的煙囪炸毀」，引申為「發脾氣；火冒三丈」。字典上還有 *blow one's top*，但美國人較少用。

UNIT
5

$\Big\{$ = Don't *hit the ceiling*.（不要發怒。）
= Don't *hit the roof*.（不要火冒三丈。）
= Don't *fly off the handle*.（不要大發雷霆。）

* ceiling（ˈsilɪŋ）*n.* 天花板　　roof（ruf）*n.* 屋頂
hit the ceiling / roof 火冒三丈；發怒
handle（ˈhændl̩）*n.* 把手
fly off the handle 勃然大怒

fly off the handle 源自古時候砍斧頭的人生氣時，用力一劈，斧頭飛離（fly off）把手（the handle）。

2. Think positive. (要正面思考。)

> Think positive.
> = Think practical. (你的想法要實際。)

> = Think productive. (你的想法要有收穫。)
> = Think constructive. (你的想法要有建設性。)

也可説成：Be positive.　Be practical.
Be productive.　Be constructive.

* positive (ˈpɑzətɪv) adj. 正面的；積極的；樂觀的
practical (ˈpræktɪkḷ) adj. 實際的
productive (prəˈdʌktɪv) adj. 有生產力的；有收穫的
constructive (kənˈstrʌktɪv) adj. 有建設性的

Think positive. 源自 Think in a positive way.
在文法上，*Think positive.* 應寫成 *Think positively.*
（誤），但美國人不用，這再一次證明，學英文最簡單
的方法就是背短句。*Think positive.* 應當成慣用句
來背，不合一般文法的句子最重要。

> = Be optimistic. (要樂觀。)
> = Be confident. (要有信心。)
> = Be hopeful. (要有希望。)

* optimistic (ˌɑptəˈmɪstɪk) adj. 樂觀的
confident (ˈkɑnfədənt) adj. 有信心的
hopeful (ˈhopfəl) adj. 有希望的

最後三句也可以説成：

> Think in an optimistic way. (正)
> Think in a confident way. (正)
> Think in a hopeful way. (正)

UNIT
5

$$\left.\begin{array}{l} \textit{Think optimistic.}（誤） \\ \textit{Think confident.}（誤） \\ \textit{Think hopeful.}（誤） \end{array}\right\}　不是慣用句，不能省略。$$

3. Seek an outlet. (尋找發洩的管道。)

$$\left\{\begin{array}{l} \textbf{seek}〔\,sik\,〕\textit{v.} \text{ 尋找} \\ =\text{look for} \\ =\text{search for} \end{array}\right.$$

$$\left\{\begin{array}{l} =\text{go in search of} \\ =\text{go in pursuit of} \\ =\text{pursue}〔\,pə'su\,〕\textit{v.} \text{ 追求；追尋} \end{array}\right.$$

* pursuit〔pə'sut〕*n.* 追求；追尋

outlet〔'aut,lɛt〕*n.* 出口；發洩的管道；宣洩的途徑；
商店；插座
outlet 常指「精品工廠直銷店」，通常是銷售過季名
牌，價錢便宜。

上面 6 個 5 秒內背完，終生不忘記。

背完同義字，再背同義句：

$$\left\{\begin{array}{l} \textbf{Seek an outlet.} \\ =\textbf{\textit{Look for}} \text{ an outlet.}（尋找發洩的管道。） \\ =\textbf{\textit{Search for}} \text{ an outlet.}（尋找發洩的管道。） \end{array}\right.$$

UNIT
5

$$\left\{\begin{array}{l} = \textbf{\textit{Go in search of}} \text{ an outlet.} （去尋找發洩的管道。）\\ = \textbf{\textit{Go in pursuit of}} \text{ an outlet.} （去尋求發洩的管道。）\\ = \textbf{\textit{Pursue}} \text{ an outlet.} （尋求發洩的管道。）\end{array}\right.$$

這6句的翻譯是配合整篇的句意，所以加上「發洩」兩字。

4. Get some exercise. (做運動。)

$$\left\{\begin{array}{l} \textbf{Get some exercise.}\\ = \text{Start working out.} （開始運動吧。）\end{array}\right.$$

$$\left\{\begin{array}{l} = \text{Work up a sweat.} （流流汗。）\\ = \text{Get your blood pumping.} （讓你的血液沸騰一下。）\end{array}\right.$$

* **work out** 運動　　**work up** 激起
sweat〔swɛt〕*n.* 流汗；汗水　　blood〔blʌd〕*n.* 血液
pump〔pʌmp〕*n.* 幫浦；唧筒　*v.* 抽水；打氣；像唧筒一樣地運動

> Get your blood pumping. 字面的意思是「給你的血液打氣。」引申為「加快你的心跳。」(= *Elevate your heart rate.*)，也就是「去運動。」
> start 後面也可接不定詞，但意思不同。***Start to work out.*** 意思是「開始去運動。」強調「開始」，如：I had just started to work out when my phone rang. (我正要開始運動時，電話就響了。) 所以，這裡的 Start working out. 不可改成 *Start to work out.* (誤)

中文：我們去運動吧。

英文：
$$\left\{\begin{array}{l} \text{Let's get some exercise.}\\ = \text{Let's work up a sweat.}\\ = \text{Let's get our blood pumping.}\end{array}\right.$$

{ = Let's start working out.
= Let's work out.
= Let's exercise.

早上起來一面
運動，一面背
「一口氣英語」，
不會無聊。

{ = Let's do exercise.
= Let's get exercise.
= Let's take exercise. (英)

下面是運動的例子：

{ Go for a run. 去跑步。
Go for a swim. 去游泳。(= *Go swimming.*)
Go for a walk. 去散步。(= *Take a walk.*)

{ Go for a hike. 去健行。(= *Take a hike.* = *Go hiking.*)
Go for a bicycle ride. 去騎腳踏車。
(= *Ride your bicycle.*)

【比較】Let's go hiking. 我們去爬山吧。(走上去)
Let's go mountain climbing.
我們去登山吧。(用繩子)

{ Lift some weights. 去舉重。
Do some yoga. 做瑜珈。
Play some basketball. 去打籃球。
(= *Shoot some hoops.* 去投籃。)

* yoga 〔'jogə 〕 n. 瑜珈
shoot 〔 ʃut 〕 v. 射 (籃、門等)；射擊   hoop 〔 hup 〕 n. 籃框
yoga 不要和 yogurt 〔'jogət 〕 n. 優格 搞混。

UNIT
5

5. **Go see a movie**. (去看場電影。)

Go see a movie.
= Go to a movie. (去看場電影。)
= Go to the movies. (去看電影。)

= Go watch a movie. (去看場電影。)
= Go view a movie. (去看場電影。)
= Go enjoy a movie. (去欣賞一部電影。)

* Go see a movie. 【常用】【詳見「文法寶典」p.419】
= Go and see a movie. 【少用】
= Go to see a movie. 【少用】

a movie 可改成 a film。
the movies 是指「電影院」，因爲電影院通常會聚集在一起，所以用複數，英國人用 go to the cinema。

view〔vju〕v. 看   enjoy〔ɪn'dʒɔɪ〕v. 享受

6. **Do a good deed**. (做一件好事。)

Do a good deed.
= Help someone. (幫助別人。)
= Do something nice for someone. (爲別人做件好事。)
* deed〔did〕n. 行爲，是 do 的名詞。

= Lend a helping hand to someone. (對別人伸出援手。)
= Make a kind gesture toward someone.
(對別人表示善意。)

* *helping hand* 幫助；援手   gesture〔'dʒɛstʃɚ〕n. 手勢；表示
toward〔tord〕prep. 對於

下面幾個是做好事的例子：

1. Pick up garbage. (撿垃圾。)
2. Give a tip. (給小費。)【tip〔tɪp〕n. 小費】
3. Give money to a beggar. (給乞丐錢。)
   【beggar〔'bɛgɚ〕n. 乞丐】
4. Hold the elevator for others. (為別人按住電梯。)
   elevator〔'ɛlə,vetɚ〕n. 電梯；升降機
   hold the elevator 按住電梯

　　晚上睡覺前，問一下自己，今天一天有
沒有做什麼好事？說什麼好話？如果每天都
有做，你就在成長。我散步的時候，看到垃
圾箱髒亂，就拍照，寄給有關單位，如此，
我們的城市就會更漂亮。

7. Do something fun.
(做一件有趣的事。)

$\left\{\begin{array}{l} \textbf{fun}〔fʌn〕\textit{adj.} ~有趣的 \\ = \text{enjoyable}〔ɪn'dʒɔɪəbḷ〕\textit{adj.} ~愉快的 \\ = \text{pleasant}〔'plɛzṇt〕\textit{adj.} ~令人愉快的 \end{array}\right.$

$\left\{\begin{array}{l} = \text{interesting}〔'ɪntrɪstɪŋ〕\textit{adj.} ~有趣的 \\ = \text{relaxing}〔rɪ'læksɪŋ〕\textit{adj.} ~令人放鬆的 \\ = \text{entertaining}〔,ɛntɚ'tenɪŋ〕\textit{adj.} ~令人愉快的；有趣的 \end{array}\right.$

＊這三個字的字尾都是 ing。

這6個同義字4秒內背完，終生不忘記。

背完同義字，再背同義句：

Do something fun.
= Do something *enjoyable*. (做一件愉快的事。)
= Do something *pleasant*. (做一件令人愉快的事。)

= Do something *interesting*. (做一件有趣的事。)
= Do something *relaxing*. (做一件令人放鬆的事。)
= Do something *entertaining*. (做一件令人愉快的事。)

做自己喜歡做的事，就會覺得有趣，下面是一些例子：

Go to the mall. (去購物中心逛逛。)
Go to the market. (去市場逛逛。)
Go to the night market. (去夜市逛逛。)

Go shopping. (去買東西。)
Go window shopping. (去逛街瀏覽櫥窗。)
Go get some ice cream. (去吃點冰淇淋。)

Dance to some music. (隨著音樂跳跳舞。)
Listen to some music. (聽聽音樂。)

* to 可表「伴隨」，詳見「文法寶典」p.602。

Play an instrument. (玩玩樂器。)
Buy yourself a special treat.
(買個特別的東西犒賞自己。)

* instrument 〔'ɪnstrəmənt 〕 *n.* 樂器
treat (trit) *n.* 樂事 (= *something that gives pleasure*);
使人喜悅的事物

Paint. (畫畫。)
Sing. (唱歌。)　　* draw〔drɔ〕v. (用鉛筆、原子筆)畫
Read. (看書。)

Write. (寫作。)
Play video games. (打打電動。)
Surf the Internet. (上網。)

* ***video games*** 電玩　　surf〔sɝf〕v. 瀏覽；衝浪
Internet〔'ɪntɚˌnɛt〕n. 網際網路

8. Invite a buddy to a meal.
(邀請一個好朋友吃頓飯。)

buddy〔'bʌdɪ〕n. 好朋友；夥伴；搭檔
= friend〔frɛnd〕n. 朋友
= close friend 密友；好友

* close〔klos〕adj. 親密的

= mate〔met〕n. 夥伴；伙伴；朋友
= playmate〔'pleˌmet〕n. 玩伴 (一個字)
= soulmate〔'solˌmet〕n. 心靈伴侶；密友；情人
(= soul mate)

* 這三個字都有 mate。
soulmate 字面的意思是「靈魂伴侶」，引申為「知己；知音」，如：I am not lonely, having so many soulmates around. (有那麼多知音在周圍，我不會感到寂寞。) 現在美國人用 soulmate 時，多指「情人」。

UNIT
5

$$\left\{\begin{array}{l}\end{array}\right.$$ = partner〔'partnə〕 *n.* 夥伴;同伴;搭檔
= associate〔ə'soʃɪɪt〕 *n.* 同伴;夥伴;同事
= colleague〔'kɑlig〕 *n.* 同事;同僚

* 這三個字都是工作上的朋友。

把上面9個背至8秒內,終生不忘記。

背完同義字,再背同義句:

Invite a buddy to a meal.
= Invite a *friend* to a meal. (邀請一個朋友吃頓飯。)
= Invite a *close friend* to a meal.
　(邀請一個親密的朋友吃頓飯。)

= Invite a *mate* to a meal. (邀請一個朋友吃頓飯。)
= Invite a *playmate* to a meal. (邀請一個玩伴吃頓飯。)
= Invite a *soulmate* to a meal. (邀請一個密友吃頓飯。)

= Invite a *partner* to a meal. (邀請一個搭檔吃頓飯。)
= Invite an *associate* to a meal. (邀請一個同事吃頓飯。)
= Invite a *colleague* to a meal. (邀請一個同事吃頓飯。)

UNIT
5

9. Recite One Breath English.
(背「一口氣英語」。)

recite〔rɪ'saɪt〕 *v.* 背誦;朗誦
= repeat〔rɪ'pit〕 *v.* 重覆;覆誦;背誦
= rehearse〔rɪ'hɝs〕 *v.* 預演;排練

* 這三個字都是 re 開頭。

$\left\{\begin{array}{l} \text{= perform} (\text{pə'fɔrm}) v. \ 表演;執行 (= do) \\ \text{= practice} ('præktɪs) v. \ 練習 \end{array}\right.$

* 這兩個字都是 p 開頭。

$\left\{\begin{array}{l} \text{= memorize} ('mɛmə,raɪz) v. \ 記憶;背誦 \\ \text{= learn...by heart} \ 背誦;記住 \\ \text{= get...by heart} \ 背誦;記住 \end{array}\right.$

背完同義字,再背同義句:

$\left\{\begin{array}{l} \textbf{Recite One Breath English.} \\ = \textbf{\textit{Repeat}} \text{ One Breath English.} \\ \quad (要背誦「一口氣英語」。) \\ = \textbf{\textit{Rehearse}} \text{ One Breath English.} \\ \quad (要演練「一口氣英語」。) \end{array}\right.$

$\left\{\begin{array}{l} = \textbf{\textit{Perform}} \text{ One Breath English.} \\ \quad (要演練「一口氣英語」。) \\ = \textbf{\textit{Practice}} \text{ One Breath English.} \\ \quad (要練習「一口氣英語」。) \end{array}\right.$

$\left\{\begin{array}{l} = \textbf{\textit{Memorize}} \text{ One Breath English.} \\ \quad (要背誦「一口氣英語」。) \\ = \textbf{\textit{Learn}} \text{ One Breath English } \textbf{\textit{by heart}}. \\ \quad (要背誦「一口氣英語」。) \\ = \textbf{\textit{Get}} \text{ One Breath English } \textbf{\textit{by heart}}. \\ \quad (要背誦「一口氣英語」。) \end{array}\right.$

UNIT
5

III. 短篇演講：用所背過的 9 個關鍵句，加上開場白、轉承語
和結尾，就可組成短篇演講。

Welcome ladies and gentlemen.
（各位先生，各位女士，歡迎大家。）
I'm so glad you could join us.
（很高興你們能加入我們的行列。）
Let's all learn how to change a bad mood.
（我們大家都來學習如何改變壞心情吧。）

First of all, don't get mad. （首先，不要生氣。）
Think positive. （要正面思考。）
Seek an outlet. （尋找發洩的管道。）

Then, get some exercise.
（然後，做運動。）
Go see a movie. （去看場電影。）
Do a good deed. （做一件好事。）

After that, do something fun. （然後，做一件有趣的事。）
Invite a buddy to a meal. （邀請一個好朋友吃頓飯。）
Recite One Breath English. （背「一口氣英語」。）

Indeed, bad moods are inevitable.
（的確，壞心情是無法避免的。）
Take action to fight them. （要採取行動來對抗它們。）
We must create our own happiness.
（我們的快樂必須自己創造。）

Thank you. （謝謝大家。）

UNIT
5

IV. **長篇演講**：背完同義字和同義句，就可寫出精彩的長篇演講。

How to Change a Bad Mood
（如何改變壞心情）

Wow!	哇！
So many friendly faces here.	這裡有這麼多友善的面孔。
What a good-looking crowd.	大家真是太好看了。
We all have stress in our lives.	我們大家在生活中都有壓力。
It's easy to let things get you down.	很容易就會因為某些事而沮喪。
Here's how you can change a bad mood.	以下就是如何改變壞心情的方法。
First, don't get mad.	首先，不要生氣。
Being angry won't help.	生氣沒有用。
Getting upset won't solve the problem.	生氣無法解決問題。
Don't get uptight.	不要生氣。
Don't get resentful.	不要氣憤。
Don't get annoyed, irritated or infuriated.	不要心煩、生氣，或憤怒。
Second, think positive.	第二，要正面思考。
Think practical.	你的想法要實際。
Think productive and constructive.	你的想法要有收穫，而且有建設性。
Be optimistic.	要樂觀。
Be confident.	要有信心。
Be hopeful to resolve the issue.	要滿懷希望解決問題。

UNIT
5

Third, seek an outlet. 第三，要尋找發洩的管道。
Look for a way to relieve your stress. 要尋找能減輕壓力的方式。
Search for a way to calm down. 要尋找能冷靜下來的方法。

Go in search of relaxation. 去尋找能放鬆的方式。
Go in pursuit of a way to relax. 去尋找能放鬆的方法。
Pursue an avenue to burn negative 要尋求能燃燒負面能量途
  energy. 徑。

Fourth, get some exercise. 第四，要做運動。
Start working out. 要開始運動。
Work up a sweat. 要流流汗。

Go for a run. 去跑步。
Go for a swim. 去游泳。
Go for a hike. 去健行。

Go for a bicycle ride. 去騎腳踏車。
Lift some weights. 去舉重。
You'll feel much better, I promise. 我保證你會覺得好很多。

Fifth, go see a movie. 第五，去看場電影。
Watching films is a great way to relax. 看電影是個放鬆的好方法。
Movies are a great escape from 電影真的能讓人暫時逃離日
  everyday life. 常生活。

Sixth, do a good deed 第六，要做一件好事。
Help someone. 幫助別人。
Do something nice. 做件好事。

Lend a helping hand to your friend.	對朋友伸出援手。
Make a kind gesture toward him.	對他表示善意。
Helping others is a "feel good" experience.	幫助別人是個「感覺很好的」經驗。
Seventh, do something fun.	第七，做一件有趣的事。
Do something enjoyable.	做一件愉快的事。
The world is your playground.	全世界都是你的遊樂場。
You can go to the mall.	你可以去購物中心。
You can go window shopping.	你可以去逛街瀏覽櫥窗。
There's always something happening at the night market.	夜市總是會有好玩的事情發生。
Eighth, invite a buddy to a meal.	第八，邀請一個好朋友吃頓飯。
It's always good to be with friends.	和朋友在一起總是很愉快。
Grab a bite with some of your associates.	和一些同事吃點東西。
Finally, recite One Breath English.	最後，背「一口氣英語」。
Practice until you master it.	要練到精通為止。
One Breath English is the way.	背「一口氣英語」就對了。
Chant it over and over.	要反覆不停地說。
Say it to yourself again and again.	要不斷地自言自語。
Your depression and bad mood will both go away.	你的沮喪和壞心情都會消失。
A bad mood doesn't have to ruin your day.	不要讓壞心情破壞你一整天。
Now we all have the method to change it.	現在我們有方法能改變它了。
Let's get out there and give it a try!	讓我們出去試試看吧！

UNIT
5

V. **短篇作文**：用背過的 9 個關鍵句，和部份同義句，加上
轉承語，就可寫出精彩作文。

How to Change a Bad Mood

Everybody knows that it is impossible to be
happy all the time. When we are in a bad mood,
how can we change it? *To begin with*, we shouldn't
get mad. We must think positive and seek an outlet.
For example, we can get some exercise or go see a
movie. *Besides*, doing a good deed helps, too.

Additionally, we can do something fun, such as
dancing, singing, or surfing the Internet. *Also*, it is
a great idea to invite a buddy to a meal. *Finally*, if
these things don't work, we can recite One Breath
English. It is the way to change a bad mood.

如何改變壞心情

　　大家都知道，要一直都很開心是不可能的。當我們心情不
好的時候，要如何轉換心情？首先，我們不應該生氣。我們必
須正面思考，尋找一個發洩的管道。例如，我們可以做做運動，
或去看場電影。此外，做一件好事也是有幫助的。

　　還有，我們可以做一件有趣的事，像是跳舞、唱歌，或上
網。還有，邀請一個好朋友去吃頓飯，也是個很棒的想法。最
後，如果這些事情都沒有用的話，我們可以背「一口氣英語」。
這是個能改變壞心情的好方法。

UNIT
5

VI. **長篇作文**：背完同義字和同義句，肚子有貨，才能寫出
    長篇作文。

How to Change a Bad Mood

Everybody has stress in their lives and it's easy to
let things get you down. Bad moods are inevitable, but
we can take action to fight them. *First*, don't get mad.
Being angry and getting upset won't solve the problem.
As a matter of fact, losing your temper usually produces
the opposite effect. It only makes the problem worse.
Keep your cool and don't fly off the handle.

Next, think positive. Be hopeful and confident to
resolve the issue. *After this*, seek an outlet. Look for a
way to relieve your stress. Search for a way to calm down
and relax. *As a matter of fact*, exercise is a great cure
for a bad mood. Go for a run. Go for a swim. You'll feel
much better, I promise. *What's more*, you could try
yoga. If you like basketball, go shoot some hoops.

However, if you're lazy like me, you could go see a
movie. Movies are a great escape from everyday life.
On the other hand, you could think outside the box.
You could do a good deed for someone. Helping others
is a "feel good" experience. Lend a hand to a friend in
need. Make a kind gesture to someone who is blue.
You'll forget all about your own troubles.

UNIT
5

Last but not least, you could do something fun. I can think of dozens of fun things to do. The world is your playground. You could go window shopping at the mall. There's always something happening at the night market. ***Additionally***, you could play an instrument. Maybe you like playing video games. Some people like to dance. Read a book. Sing a song. Write a letter to a friend in a foreign country.

Of course, you could always invite a buddy to a meal. It's always good to be with friends. Grab a bite with some of your associates. ***Besides all that***, you can recite One Breath English. Practice until you've mastered it. Memorizing One Breath English is a great way to prevent a bad mood from affecting you.

UNIT 5

【中文翻譯】

如何改變壞心情

　　大家在生活中都有壓力，而且很容易就會因為某些事而沮喪。壞心情是無法避免的，但是我們可以採取行動來對抗它們。首先，不要生氣。生氣、不高興無法解決問題。事實上，發脾氣通常會產生反效果，只會讓問題更嚴重。要保持冷靜，不要大發雷霆。

　　其次，要正向思考。要充滿希望，而且有信心能解決問題。之後，要尋找發洩的管道。要尋找能減輕壓力的方式。找個能冷靜下來並且放鬆的方法。事實上，運動是個能解決壞情緒的好方法。去跑步、去游泳，我保證你會覺得好很多。此外，你可以試試瑜珈。如果你喜歡籃球，就去投幾個球吧。

不過，如果你像我一樣懶惰，你可以去看場電影。電影是個能讓你逃離日常生活的好方法。另一方面，你可以跳脫傳統的思考模式。你可以爲別人做一件好事。幫助別人是個「感覺很好的」經驗。對患難中的朋友伸出援手。對感到憂鬱的人表示善意。你會忘掉自己所有的煩惱。

最後一項要點是，你可以做一件有趣的事。我可以想到幾十件有趣的事可以做。全世界都是你的遊樂場。你可以去購物中心逛街瀏覽櫥窗。夜市裡總是會有有趣的事發生。此外，你可以玩玩樂器。或許你喜歡打打電動。有些人喜歡跳舞。看看書。唱唱歌，寫一封信給外國的朋友。

當然，你可以隨時邀請一個好朋友去吃頓飯。和朋友在一起總是很愉快。和一些同事去吃點東西。此外，你可以背「一口氣英語」。要練到精通爲止。背「一口氣英語」是個防止壞心情影響你的好方法。

UNIT
5

【註釋】

stress〔strɛs〕*n.* 壓力　　***get sb. down*** 使某人沮喪
inevitable〔ɪnˈɛvətəb!〕*adj.* 無法避免的　　***take action*** 採取行動
fight〔faɪt〕*v.* 和⋯作戰　　opposite〔ˈɑpəzɪt〕*adj.* 相反的
effect〔ɪˈfɛkt〕*n.* 效果　　resolve〔rɪˈzɑlv〕*v.* 解決
issue〔ˈɪʃju〕*n.* 問題　　relieve〔rɪˈliv〕*v.* 減輕
cure〔kjur〕*n.* 治療法；解決方法　　lazy〔ˈlezɪ〕*adj.* 懶惰的
escape〔əˈskep〕*n.* 逃脫；逃避；逃脫的方法
think outside the box 跳脫框框外的思考模式；跳出傳統思維
in need 患難中　　blue〔blu〕*adj.* 憂鬱的
troubles〔ˈtrʌb!z〕*n. pl.* 煩惱　　***last but not least*** 最後一項要點是
dozens of 數十個的　　playground〔ˈple͵graʊnd〕*n.* 遊樂場
additionally〔əˈdɪʃən!ɪ〕*adv.* 此外　　master〔ˈmæstɚ〕*v.* 精通
prevent⋯from 使⋯無法　　affect〔əˈfɛkt〕*v.* 影響

Unit 5 同義字整理

※ 重複地背，不斷地使用，單字能快速增加。

1. **mad** 〔 mæd 〕 *adj.* 瘋狂的；
   氣瘋的；生氣的
   = angry 〔 'æŋgrɪ 〕 *adj.* 憤怒的
   = upset 〔 ʌp'sɛt 〕 *adj.* 煩亂的；
   不高興的　*v.* 使生氣

   = uptight 〔 ʌp'taɪt 〕 *adj.*
   緊張的；煩躁不安的；生氣的
   = resentful 〔 rɪ'zɛntfəl 〕 *adj.*
   氣憤的；憤恨的
   = indignant 〔 ɪn'dɪgnənt 〕 *adj.*
   氣憤的；憤慨的

   * * *

   = annoyed 〔 ə'nɔɪd 〕 *adj.*
   心煩的；惱怒的；生氣的
   = irritated 〔 'ɪrə,tetɪd 〕 *adj.*
   發怒的；生氣的
   = infuriated 〔 ɪn'fjʊrɪ,etɪd 〕
   adj. 憤怒的

   = pissed off　生氣的
   = up in arms　憤慨的；
   憤慨的；武裝反叛
   = hot under the collar
   生氣的；發怒的

2. **Think positive**.
   要正面思考。
   = Think practical.
   你的想法要實際。

= Think productive.
你的想法要有收穫。
= Think constructive.
你的想法要有建設性。

= Be optimistic.　要樂觀。
= Be confident.　要有信心。
= Be hopeful.　要有希望。

3. **seek** 〔 sik 〕 *v.* 尋找
   = look for
   = search for

   = go in search of
   = go in pursuit of
   = pursue 〔 pɚ'su 〕 *v.* 追求；追尋

4. **Get some exercise**. 做運動。
   = Start working out.　開始運動。

   = Work up a sweat.　流流汗。
   = Get your blood pumping.
   讓你的血液沸騰一下。

   Go for a run.　去跑步。
   Go for a swim.　去游泳。
   Go for a walk.　去散步。

   Go for a hike.　去健行。
   Go for a bicycle ride.
   去騎腳踏車。

   Lift some weights.　去舉重。
   Do some yoga.　做瑜珈。
   Play some basketball.　去打籃球。

UNIT
5

5. **Go see a movie.** 去看場電影。
= Go to a movie.
= Go to the movies.

= Go watch a movie.
= Go view a movie.
= Go enjoy a movie.

6. **Do a good deed.** 做一件好事。
= Help someone. 幫助別人。
= Do something nice for
someone. 爲別人做件好事。

= Lend a helping hand to
someone. 對別人伸出援手。
= Make a kind gesture toward
someone. 對別人表示善意。

Pick up garbage. 撿垃圾。
Give a tip. 給小費。
Give money to a beggar.
給乞丐錢。
Hold the elevator for others.
爲別人按住電梯。

7. **fun** ﹝fʌn﹞ *adj.* 有趣的
= enjoyable ﹝ɪn'dʒɔɪəbl̩﹞
adj. 愉快的
= pleasant ﹝'plɛznt̩﹞*adj.* 令人愉快的

= interesting ﹝'ɪntrɪstɪŋ﹞*adj.* 有趣的
= relaxing ﹝rɪ'læksɪŋ﹞ *adj.*
令人放鬆的
= entertaining ﹝ˌɛntə'tenɪŋ﹞
adj. 令人愉快的；有趣的

8. **buddy** ﹝'bʌdɪ﹞ *n.* 好朋
友；夥伴；搭檔
= friend ﹝frɛnd﹞ *n.* 朋友
= close friend 密友；好友

= mate ﹝met﹞ *n.* 夥伴；
伙伴；朋友
= playmate ﹝'ple,met﹞ *n.*
玩伴
= soulmate ﹝'sol,met﹞ *n.*
心靈伴侶；密友；情人

= partner ﹝'pɑrtnɚ﹞ *n.*
夥伴；同伴；搭檔
= associate ﹝ə'soʃɪɪt﹞ *n.*
同伴；夥伴；同事
= colleague ﹝'kɑlig﹞ *n.*
同事；同僚

9. **recite** ﹝rɪ'saɪt﹞ *v.* 背誦；
朗誦
= repeat ﹝rɪ'pit﹞ *v.* 重覆；
覆誦；背誦
= rehearse ﹝rɪ'hɝs﹞ *v.*
預演；排練

= perform ﹝pɚ'fɔrm﹞ *v.*
表演；執行
= practice ﹝'præktɪs﹞*v.* 練習

= memorize ﹝'mɛmə,raɪz﹞
v. 記憶；背誦
= learn…by heart 背誦；
記住
= get…by heart 背誦；記住

Unit 6 My Oath 我的誓言

I. 先背 9 個核心關鍵句：

> **I won't skip class.**
> I will remain awake.
> I will accept the challenge.
>
> **I must advance.**
> I must be accurate.
> I must be ambitious.
>
> **I won't abuse my freedom.**
> I won't abandon my dream.
> I will accomplish my goals.

 背誦密碼：除第一句外，其他關鍵字都是 a 開頭。

　　我向我的父母保證，我不會翹課（**I won't skip class.**），上課時我會保持清醒（I will remain awake.），我將接受挑戰（I will accept the challenge.），如參加演講比賽等。我一定要進步（**I must advance.**），我做任何事都一定要很精確（I must be accurate.），我一定要有雄心壯志（I must be ambitious.）。

放假時，我不會濫用我的自由（**I won't abuse my freedom.**），會繼續努力學習，我不會放棄我的夢想（I won't abandon my dream.）。我有信心，我會達成我的目標（I will accomplish my goals.）。

II. 背關鍵句中的同義字：

---

1. I won't skip class.（我不會翹課。）

I won't skip class.
= I won't *cut class*.（我不會翹課。）
= I won't *ditch class*.（我不會翹課。）

* skip〔skɪp〕的主要意思是「跳過；略過」，*skip class* 字面的意思是「跳過課」，也就是「翹課」。

cut 的主要意思是「切」，*cut class* 字面的意思是「把課切掉」，引申為「翹課」。

ditch〔dɪtʃ〕的主要意思是「水溝」，當動詞的意思是「丟棄」（ = *get rid of*)，*ditch class*「把課丟掉」，即「翹課」。

UNIT
6

= I won't *blow off class*.（我不會翹課。）
= I won't *miss class*.（我不會翹課。）
= I won't *be missing from class*.
（我不會翹課。）

* **blow off** 常作「吹走；炸掉」解，在這裡指「不出席」
  (= *choose not to attend*)。**blow off class**「不上課」,
  也就是「翹課」。字典上查不到這個片語,但美國人常用。
  miss〔mɪs〕v. 錯過
  missing〔'mɪsɪŋ〕adj. 不在的；缺席的

{
= I won't **be absent from class**. (我不會翹課。)
= I won't **be gone from class**. (我不會翹課。)
= I won't **be away from class**. (我不會翹課。)
}

* absent〔'æbsṇt〕adj. 缺席的

2. I will remain awake.
(我會保持清醒。)

{
awake〔ə'wek〕adj. 醒著的；警覺的
= wide-awake〔'waɪdə'wek〕adj. 完全清醒的；
機警的
= wakeful〔'wekfəl〕adj. 醒著的；警覺的
}

* 這三個字都是 wake 家族。

{
= watchful〔'wɑtʃfəl〕adj. 機警的；小心的
= heedful〔'hidfəl〕adj. 注意的
= observant〔əb'zɝvənt〕adj. 留心的；當心的；
注意的；觀察力敏銳的
}

* 前兩個字都是 ful 結尾,watchful 接著上面的 wakeful。

$\left\{\begin{array}{l}\end{array}\right.$ = aware〔ə'wɛr〕*adj.* 知道的;察覺到的;警覺的
= alive〔ə'laɪv〕*adj.* 有活力的;注意到的;敏感的
= attentive〔ə'tɛntɪv〕*adj.* 專注的;傾聽的

* 這三個字都是 a 開頭。

* * *

= conscious〔'kɑnʃəs〕*adj.* 知道的;察覺到的;
有意識的
= alert〔ə'lɝt〕*adj.* 警覺的
= on the alert 注意;留意

* alert 和 on the alert 一組。

= on guard 警戒著
= on the lookout 提防;警戒
= on *one's* toes 保持警覺的

* 這三個都是 on 開頭。　　　guard〔gɑrd〕*n.* 看守;警戒
lookout〔'luk,aut〕*n.* 注意;警戒　　toe〔to〕*n.* 腳趾

UNIT
6

上面 15 個背至 10 秒內,終生不忘記。

背完同義字,再背同義句:

$\left\{\begin{array}{l}\end{array}\right.$ **I will remain awake**.
= I will remain *wide-awake*.(我會完全保持清醒。)
= I will remain *wakeful*.(我會保持清醒。)

= I will remain *watchful*.(我會小心注意的。)
= I will remain *heedful*.(我會注意。)
= I will remain *observant*.(我會注意。)

$$
\begin{cases}
\text{= I will remain } \textit{aware}. （我會提高警覺。）\\
\text{= I will remain } \textit{alive}. （我會注意。）\\
\text{= I will remain } \textit{attentive}. （我會專心。）
\end{cases}
$$

* * *

$$
\begin{cases}
\text{= I will remain } \textit{conscious}. （我會保持清醒。）\\
\text{= I will remain } \textit{alert}. （我會保持警覺。）\\
\text{= I will remain } \textit{on the alert}. （我會注意。）
\end{cases}
$$

$$
\begin{cases}
\text{= I will remain } \textit{on guard}. （我會保持警覺。）\\
\text{= I will remain } \textit{on the lookout}. （我會保持警覺。）\\
\text{= I will remain } \textit{on my toes}. （我會保持警覺。）
\end{cases}
$$

 I will remain awake. （我會保持清醒。）
的同義句是：**I will not sleep in class.**
（我上課不會睡覺。）

$$
\begin{cases}
\textbf{sleep} 〔 slip 〕 \textit{v}. 睡覺\\
\text{= snooze} 〔 snuz 〕 \textit{v}. 打瞌睡；小睡\\
\text{= doze} 〔 doz 〕 \textit{v}. 打瞌睡；小睡
\end{cases}
$$

* 前兩個字是 s 開頭。

$$
\begin{cases}
\text{= doze off} 打瞌睡\\
\text{= catnap} 〔ˈkætˌnæp 〕 \textit{v}. 小睡；打瞌睡\\
\text{= take a catnap} 小睡
\end{cases}
$$

* catnap 源自「像貓一樣睡覺」。

$\left\{\begin{array}{l}\end{array}\right.$ = take a nap 小睡;打瞌睡
= get some shut-eye 稍睡一會兒
= drowse〔drauz〕*v.* 打瞌睡

  * take a nap 接著上面的 take a catnap。
  nap〔næp〕*n.* 小睡　　shut-eye〔'ʃʌt,aɪ〕*n.* 睡覺

$\left\{\begin{array}{l}\end{array}\right.$ = be asleep 睡著
= fall asleep 睡著
= drift off 迷迷糊糊地睡著

  * asleep〔ə'slip〕*adj.* 睡著的
  fall〔fɔl〕*v.* 變成（…的狀態）
  drift〔drɪft〕*v.* 漂流;自然緩慢地轉變

上面 12 個分兩組背,背至 10 秒內,終生不忘記。

背完同義字,再背同義句:

$\left\{\begin{array}{l}\end{array}\right.$　**I will not sleep in class.**
= I will not *snooze* in class.（我上課不會打瞌睡。）
= I will not *doze* in class.（我上課不會打瞌睡。）

$\left\{\begin{array}{l}\end{array}\right.$ = I will not *doze off* in class.（我上課不會打瞌睡。）
= I will not *catnap* in class.
　（我上課不會打瞌睡。）
= I will not *take a catnap* in class.
　（我上課不會打瞌睡。）

UNIT 6

*　　*　　*

$$\left\{ \begin{array}{l} \text{= I will not } \textbf{\textit{take a nap}} \text{ in class.} \\ \text{（我上課不會打瞌睡。）} \\ \text{= I will not } \textbf{\textit{get some shut-eye}} \text{ in class.} \\ \text{（我上課不會闔眼。）} \\ \text{= I will not } \textbf{\textit{drowse}} \text{ in class.（我上課不會打瞌睡。）} \end{array} \right.$$

$$\left\{ \begin{array}{l} \text{= I will not } \textbf{\textit{be asleep}} \text{ in class.（我上課不會睡著。）} \\ \text{= I will not } \textbf{\textit{fall asleep}} \text{ in class.} \\ \text{（我上課不會睡著。）} \\ \text{= I will not } \textbf{\textit{drift off}} \text{ in class.} \\ \text{（我上課不會迷迷糊糊睡著。）} \end{array} \right.$$

3. I will accept the challenge.

（我會接受挑戰。）

$$\left\{ \begin{array}{l} \textbf{accept}〔æk'sɛpt〕v. 接受 \\ \text{= take〔tek〕v. 接受} \\ \text{= undertake〔ˌʌndɚ'tek〕v. 承擔；接受；著手做} \end{array} \right.$$

* 後兩個字都用到 take。

$$\left\{ \begin{array}{l} \text{= welcome〔'wɛlkəm〕v. 歡迎；樂於接受} \\ \text{= face〔fes〕v. 面對} \\ \text{= meet〔mit〕v. 面對} \end{array} \right.$$

UNIT
6

$$\left\{\begin{array}{l} = \text{embrace} \text{〔ɪmˋbres〕} v. \text{ 擁抱;欣然接受} \\ = \text{take on } \text{承擔;僱用;接受(挑戰);著手做} \\ = \text{say yes to } \text{贊成;同意;接受} \end{array}\right.$$

上面 9 個背至 5 秒內,終生不忘記。

背完同義字,再背同義句:

常背這些同義句,
你無形中就會喜歡
接受挑戰了。

$$\left\{\begin{array}{l} \textbf{I will accept the challenge.} \\ = \text{I will } \textit{take} \text{ the challenge.} \\ \quad (\text{我會接受挑戰。}) \\ = \text{I will } \textit{undertake} \text{ the challenge. (我會接受挑戰。)} \end{array}\right.$$

$$\left\{\begin{array}{l} = \text{I will } \textit{welcome} \text{ the challenge.} \\ \quad (\text{我會樂於接受挑戰。}) \\ = \text{I will } \textit{face} \text{ the challenge. (我會面對挑戰。)} \\ = \text{I will } \textit{meet} \text{ the challenge. (我會面對挑戰。)} \end{array}\right.$$

$$\left\{\begin{array}{l} = \text{I will } \textit{embrace} \text{ the challenge.} \\ \quad (\text{我會欣然接受挑戰。}) \\ = \text{I will } \textit{take on} \text{ the challenge. (我會接受挑戰。)} \\ = \text{I will } \textit{say yes to} \text{ the challenge. (我會接受挑戰。)} \end{array}\right.$$

UNIT
6

---

4. I must advance. (我一定要進步。)

$$\left\{\begin{array}{l} \textbf{advance} \text{〔ədˋvæns〕} v. \text{ 進步} \\ = \text{progress} \text{〔prəˋgrɛs〕} v. \text{ 進步} \\ = \text{proceed} \text{〔prəˋsid〕} v. \text{ 前進;進步} \end{array}\right.$$

* 後兩個字是 pro 開頭。

$$\left\{\begin{array}{l} = \text{grow} \,(\text{ gro }) v. \text{ 成長} \\ = \text{develop} \,(\text{ dɪ'vɛləp }) v. \text{ 發展；進展} \\ = \text{improve} \,(\text{ ɪm'pruv }) v. \text{ 改善；進步} \end{array}\right.$$

* 「進步」就是要「成長」、「發展」、「改善」。

$$\left\{\begin{array}{l} = \text{go ahead} \quad \text{前進} \\ = \text{go forward} \quad \text{前進} \\ = \text{move forward} \quad \text{前進} \end{array}\right.$$

* 前兩個有 go。「進步」就是要「向前進」。

上面 9 個背至 8 秒內，終生不忘記。

背完同義字，再背同義句：

背短句，立刻
有感覺。

$$\left\{\begin{array}{l} \textbf{I must advance.} \\ = \text{I must } \textbf{\textit{progress}}. \text{（我一定要進步。）} \\ = \text{I must } \textbf{\textit{proceed}}. \text{（我一定要向前進。）} \end{array}\right.$$

$$\left\{\begin{array}{l} = \text{I must } \textbf{\textit{grow}}. \text{（我一定要成長。）} \\ = \text{I must } \textbf{\textit{develop}}. \text{（我一定要有進展。）} \\ = \text{I must } \textbf{\textit{improve}}. \text{（我一定要改善。）} \end{array}\right.$$

$$\left\{\begin{array}{l} = \text{I must } \textbf{\textit{go ahead}}. \text{（我一定要前進。）} \\ = \text{I must } \textbf{\textit{go forward}}. \text{（我一定要前進。）} \\ = \text{I must } \textbf{\textit{move forward}}. \text{（我一定要向前進。）} \end{array}\right.$$

UNIT
6

5. **I must be accurate**.
（我一定要很精確。）

    accurate〔'ækjərɪt〕*adj.* 精確的；準確的；正確無誤的
= correct〔kə'rɛkt〕*adj.* 正確的
= careful〔'kɛrfəl〕*adj.* 小心的；仔細的

* 後兩個字是 c 開頭。

= exact〔ɪg'zækt〕*adj.* 準確的
= explicit〔ɪk'splɪsɪt〕*adj.* 明確的
= right〔raɪt〕*adj.* 正確的

* 前兩個字是 ex 開頭。

= faithful〔'feθfəl〕*adj.* 忠實的；正確的
= truthful〔'truθfəl〕*adj.* 真實的；實在的
= precise〔prɪ'saɪs〕*adj.* 精確的

* 前兩個字的字尾是 thful。

UNIT
6

上面 9 個字 5 秒內背完，終生不忘記。

背完同義字，再背同義句：

    I must be accurate.
= I must be *correct*.（我一定要正確。）
= I must be *careful*.（我一定要小心仔細。）

= I must be *exact*.（我一定要準確。）
= I must be *explicit*.（我做事一定要明確。）
= I must be *right*.（我一定要正確。）

$$\left\{\begin{array}{l}\text{= I must be } \textit{faithful.} （我做事一定要正確。）\\ \text{= I must be } \textit{truthful.} （我做事一定要實實在在。）\\ \text{= I must be } \textit{precise.} （我一定要精確。）\end{array}\right.$$

> ***I must be accurate.*** 字面的意思是「我一定要精確。」是指「我做什麼事都要正確無誤。」(= *I must be accurate in everything I do.*)

$$\text{I must be} \left\{\begin{array}{l} \textit{accurate} \\ \textit{correct} \\ \textit{careful} \\[6pt] \textit{exact} \\ \textit{explicit} \\ \textit{right} \\[6pt] \textit{faithful} \\ \textit{truthful} \\ \textit{precise} \end{array}\right\} \text{in everything I do.}$$

（我做什麼事都要正確無誤。）

---

6. I must be ambitious.
（我一定要有雄心壯志。）

$$\left\{\begin{array}{l} \textbf{ambitious} 〔 æmˈbɪʃəs 〕 \textit{adj.} 有野心的；\\ \quad 有抱負的；雄心勃勃的\\ \text{= eager} 〔ˈigɚ 〕 \textit{adj.} 熱切的；渴望的\\ \text{= enthusiastic} 〔 ɪnˌθjuzɪˈæstɪk 〕 \textit{adj.} 狂熱的；熱中的；\\ \quad 熱心的 \qquad * 後兩個字都是 e 開頭。\end{array}\right.$$

$\left\{\begin{array}{l}\end{array}\right.$ = daring〔ˈdɛrɪŋ〕*adj.* 大膽的;勇敢的

= striving〔ˈstraɪvɪŋ〕*adj.* 努力的;奮鬥的

= enterprising〔ˈɛntɚˌpraɪzɪŋ〕*adj.* 有事業心的;

有進取心的;有工作熱忱的

* 這三個字都是 ing 結尾。　　　dare〔dɛr〕*v.* 敢

strive〔straɪv〕*v.* 努力　　enterprise〔ˈɛntɚˌpraɪz〕*n.* 企業

$\left\{\begin{array}{l}\end{array}\right.$ = intent〔ɪnˈtɛnt〕*adj.* 專心的;專注的

= hopeful〔ˈhopfəl〕*adj.* 抱著希望的

= zealous〔ˈzɛləs〕*adj.* 熱心的;狂熱的

上面 9 個字背至 5 秒內,終生不忘記。

背完同義字,再背同義句:

$\left\{\begin{array}{l}\end{array}\right.$ **I must be ambitious**.

= I must be *eager*. (我一定要有熱忱。)

= I must be *enthusiastic*. (我一定要有熱忱。)

$\left\{\begin{array}{l}\end{array}\right.$ = I must be *daring*. (我一定要勇敢。)

= I must be *striving*. (我一定要努力。)

= I must be *enterprising*. (我一定要有進取心。)

$\left\{\begin{array}{l}\end{array}\right.$ = I must be *intent*. (我一定要專心。)

= I must be *hopeful*. (我一定要充滿希望。)

= I must be *zealous*. (我一定要有熱忱。)

UNIT
6

I must be ambitious. 可以加長為
I must be extremely ambitious. 或改
成 I must be an ambitious student.

$$I\ must\ be \begin{cases} an\ ambitious \\ an\ eager \\ an\ enthusiastic \\ \\ a\ daring \\ a\ striving \\ an\ enterprising \\ \\ an\ intent \\ a\ hopeful \\ a\ zealous \end{cases} student.$$

（我一定要成爲有雄心壯志的學生。）

---

7. I won't abuse my freedom.
（我不會濫用我的自由。）

$\begin{cases} \textbf{abuse}\ (\ \partial'bjuz\ )\ v.\ 濫用 \\ = misuse\ (\ mis'juz\ )\ v.\ 濫用；誤用 \end{cases}$

＊這兩個字結尾都是 use。

UNIT
6

$\begin{cases} = misemploy\ (\,misim'plɔi\ )\ v.\ 對…使用不當 \\ = misappropriate\ (\,misə'propri,et\ )\ v.\ 濫用 \end{cases}$

＊這兩個字都是 mis 開頭。
employ (im'plɔi) v. 雇用；利用；使用
appropriate (ə'propri,et) v. 挪用；佔用

$\begin{cases} = misinterpret\ (\,misin't3prit\ )\ v.\ 誤解 \\ = misunderstand\ (\,misʌndə'stænd\ )\ v.\ 誤解；誤會 \end{cases}$

＊這兩個字都是 mis 開頭。　　interpret (in't3prit) v. 解釋
represent (\,rɛpri'zɛnt) v. 代表；表示；說明；描述

$$\left\{ \begin{array}{l} \text{= waste〔west〕}v. \text{ 浪費} \\ \text{= squander〔'skwɑndɚ〕}v. \text{ 揮霍} \\ \text{= exploit〔ɪk'splɔɪt〕}v. \text{ 不當地利用} \end{array} \right.$$

＊wa<u>s</u>te 和 <u>s</u>quander 都有 s。

上面 9 個同義字，背至 7 秒內，終生不忘記。

背完同義字，再背同義句：

$$\left\{ \begin{array}{l} \textbf{I won't abuse my freedom.} \\ \text{= I won't } \textit{misuse} \text{ my freedom.} \\ \text{（我不會濫用我的自由。）} \end{array} \right.$$

$$\left\{ \begin{array}{l} \text{= I won't } \textit{misemploy} \text{ my freedom.} \\ \text{（我不會濫用我的自由。）} \\ \text{= I won't } \textit{misappropriate} \text{ my freedom.} \\ \text{（我不會濫用我的自由。）} \end{array} \right.$$

$$\left\{ \begin{array}{l} \text{= I won't } \textit{misinterpret} \text{ my freedom.} \\ \text{（我不會誤解我的自由。）} \\ \text{= I won't } \textit{misunderstand} \text{ my freedom.} \\ \text{（我不會誤解我的自由。）} \end{array} \right.$$

$$\left\{ \begin{array}{l} \text{= I won't } \textit{waste} \text{ my freedom.} \\ \text{（我不會浪費我的自由。）} \\ \text{= I won't } \textit{squander} \text{ my freedom.} \\ \text{（我不會揮霍我的自由。）} \\ \text{= I won't } \textit{exploit} \text{ my freedom.} \\ \text{（我不會濫用我的自由。）} \end{array} \right.$$

UNIT
6

8. I won't abandon my dream.
（我不會放棄我的夢想。）

abandon ﹝ ə'bændən ﹞ *v.* 拋棄
= desert ﹝ dɪ'zɝt ﹞ *v.* 拋棄
= forsake ﹝ fɚ'sek ﹞ *v.* 拋棄

* desert ﹝ dɪ'zɝt ﹞ *v.* 拋棄，和 dessert (甜點) 發音相同，先背這兩個同音字，再背 desert ﹝'dɛzɚt ﹞ *n.* 沙漠 (同字異音)。

= discard ﹝ dɪs'kɑrd ﹞ *v.* 拋棄
= discontinue ﹝,dɪskən'tɪnju ﹞ *v.* 停止；中斷
= ditch ﹝ dɪtʃ ﹞ *v.* 丟棄；甩開　*n.* 水溝

* 這三個字都是 di 開頭。discard 源自把不要的牌丟掉，dis = not。

= quit ﹝ kwɪt ﹞ *v.* 停止；放棄
= give up (on)　放棄；對…死心
= let go of　放掉

上面 9 個 6 秒內背完，終生不忘記。

背完同義字，再背同義句：

I won't abandon my dream.
= I won't *desert* my dream. (我不會放棄我的夢想。)
= I won't *forsake* my dream. (我不會放棄我的夢想。)

= I won't *discard* my dream. (我不會放棄我的夢想。)
= I won't *discontinue* my dream.
　(我不會中斷我的夢想。)
= I won't *ditch* my dream. (我不會丟棄我的夢想。)

UNIT
6

= I won't *quit* my dream. (我不會停止我的夢想。)

= I won't *give up* my dream.

(我不會放棄我的夢想。)

= I won't *give up on* my dream.

(我不會放棄我的夢想。)

= I won't *let go of* my dream.

(我不會放掉我的夢想。)

9. I will accomplish my goals.

(我會達成我的目標。)

accomplish (ə'kɑmplɪʃ) *v.* 完成;達成

= achieve (ə'tʃiv) *v.* 達到;完成;達成

= attain (ə'ten) *v.* 達到;達成;獲得

* 這三個字都是 a 開頭。

= reach (ritʃ) *v.* 達到

= realize ('riəl,aɪz) *v.* 實現;了解

* 這兩個字是 rea 開頭。

背完同義字,再背同義句:

I will accomplish my goals.

= I will *achieve* my goals. (我會達成我的目標。)

= I will *attain* my goals. (我會達成我的目標。)

= I will *reach* my goals. (我會達到我的目標。)

= I will *realize* my goals. (我會實現我的目標。)

UNIT

6

III. 短篇演講：用所背過的 9 個關鍵句，加上開場白、轉承語
和結尾，就可組成短篇演講。

On my honor: (我以我的名譽擔保：)

I won't skip class. (我不會翹課。)
I will remain awake. (我會保持清醒。)
I will accept the challenge. (我會接受挑戰。)

I must advance. (我一定要進步。)
I must be accurate. (我一定要很精確。)
I must be ambitious.
(我一定要有雄心壯志。)

I won't abuse my freedom.
(我不會濫用我的自由。)
I won't abandon my dream.
(我不會放棄我的夢想。)
I can accomplish my goals.
(我可以達成我的目標。)

So help me God. (我發誓；上帝可以作證。)

---

* ***On my honor*** 　我以我的名譽擔保
　So help me God. 　我發誓；上帝可以作證。【慣用句】
　(= *As God is my witness.* 【慣用句】)

IV. **長篇演講**：背完同義字和同義句，就可發表精彩的長篇演講。背完有感情後，說起來才有信心。

 My Oath（我的誓言）

Welcome everybody!	歡迎大家！
Thanks for being here.	謝謝你們來到這裡。
It's great to have this opportunity.	能擁有這個機會真是太棒了。
Our education is essential.	我們必須受教育。
It's paramount to our future.	這對我們的未來很重要。
It determines our success.	它決定我們是否能成功。
To be honest, I haven't always been a great student.	老實說，我並非一直都是個很好的學生。
I've been lazy and careless.	我既懶惰又粗心。
I've been lacking in motivation.	我一直缺乏動機。
However, today is the day everything changes.	然而，就在今天，一切都將有所改變。
That's right, I'm turning over a new leaf.	沒錯，我要改過自新。
Please listen to my personal oath.	請聽聽我個人的誓言。
From now on, I won't skip class.	從現在開始，我不會翹課。
No more cutting class for me.	我不再翹課。
I won't be absent from class another day.	我不會再翹一天課。
Next, I will remain awake.	其次，我會保持清醒。
I will be attentive at all times.	我會一直很專心。
I will stay on the alert.	我會非常注意。

UNIT
6

Similarly, I'll be on my toes.

同樣地，我會保持警覺。

I will be on the lookout.

我會隨時警戒。

I will be forever watchful.

我會一直很小心。

Meanwhile, I will not sleep in class.

同時，我上課不會睡覺。

The old me would take catnaps.

以前的我會打瞌睡。

Class was a chance to get some shut-eye.

上課是我睡覺的好機會。

Indeed, the new me will no longer snooze.

的確，現在的我不會再打瞌睡了。

I won't drift off.

我不會迷迷糊糊地睡著。

I won't fall asleep.

我不會睡著。

Additionally, I will accept any challenge.

此外，我會接受任何挑戰。

I'll say yes to everything.

我什麼都願意接受。

I'll face every difficulty.

我會面對每一個困難。

To be sure, I'm ready to undertake any task.

我真的準備好要承擔任何的任務。

No problem is too big to embrace.

問題再大我都會欣然接受。

I will meet every challenge with a smile.

我會面帶微笑地面對任何挑戰。

I must advance.

我一定要進步。

Progress is the key.

進步是關鍵。

There is always room for improvement.

總是有進步的空間。

Furthermore, I must be accurate.	此外，我做任何事一定都要很精確。
I must be precise.	我一定要很精確。
I must be exact.	我必須很準確。
I must be ambitious.	我一定要有雄心壯志。
I will be eager.	我會充滿熱忱。
I will be daring.	我會很勇敢。
In addition, I won't abuse my freedom.	此外，我不會濫用我的自由。
I won't waste time.	我不會浪費時間。
I won't squander this opportunity.	我不會揮霍這次的機會。
Above all, I won't abandon my dream.	最重要的是，我不會放棄我的夢想。
Winners never quit.	贏家絕不會放棄。
Quitters never win.	放棄的人絕不會贏。
In the end, I will accomplish my goals.	到最後，我會達成我的目標。
I can achieve anything I set my mind to.	我可以達成任何我決心要做的事。
No doubt, I will fulfill my dreams.	無疑地，我會實現我的夢想。
This is my solemn oath.	這就是我非常嚴肅的誓言。
Thank you for listening.	謝謝你們專心聽我說。
Have a great day!	祝大家有個美好的一天！

UNIT
6

【註釋】

paramount〔ˈpærəˌmaʊnt〕*adj.* 非常重要的
That's right 正常情況下，寫成 That's right. 但是，後面要補充説明時，用法和 Trust me 相同，可接逗點，如："Are you leaving early?" "That's right, I have to go now."
turn over a new leaf 改過自新；洗心革面

V. 短篇作文：用背過的 9 個關鍵句，和部份同義句，加上轉承語，就可寫出精彩作文。

A Letter to My Parents

Dear Mom and Dad,

　　You are my loving parents. I feel so lucky to be your child. The following words are from my heart.

　　From now on, I won't skip class. I will remain awake and observant in class. I promise I will not sleep in class any more. *Particularly*, I will accept the challenge to participate in all school contests. *In any case*, I must advance and progress. Whatever I do, I must be accurate.

　　In the same manner, I must be ambitious. After school and on holidays, I won't abuse my freedom. I will keep working hard. I won't abandon my dream. Trust me, I can accomplish my goals. I will make you proud.

Your loving child,

Maggie

UNIT
6

【中文翻譯】

給爸媽的一封信

親愛的爸媽：

　　您們是很愛我的父母。能當您們的小孩，我覺得很幸運。以下這些話，都是出自我的內心。

從現在起，我不會翹課。我上課會保持清醒，並且很專注。
我保證，我上課時不會再睡覺。尤其，我會接受挑戰，參加學校
舉行的所有比賽。無論如何，我一定會進步。不論做什麼，我都
會很精確。

同樣地，我一定會有雄心壯志。放學後和在假日時，我不
會濫用我的自由。我會持續努力。我不會放棄我的夢想。相信我，
我會達成我的目標。我會使您們感到光榮。

深愛您們的孩子，
瑪姬

VI. **長篇作文**：背完同義字和同義句，加上轉承語，就能寫出
長篇作文。

A Letter to My Parents

My Dear Parents,

I feel so fortunate to be your child. I love you guys
from the bottom of my heart. I would like to tell you
that I want to be good.

From today on, I assure you I won't skip class. I
will remain awake, heedful and observant in class. I
will always be on the alert. *In other words*, I will not
sleep or doze off even if the class is boring.

Now, I promise you three things. *First*, I will accept
the challenge to participate in all school activities. *For
example*, I will join an English club. I will take part in
English speech and writing contests, and so on. *Next*, I
must advance and progress. I will make every effort to
grow in all aspects of my life. I will move forward no

UNIT
6

matter what. *After this*, I must be accurate and faithful in everything I do. *Whatever I do*, I must be precise and truthful.

In addition, I must be ambitious and enterprising. I will stay hopeful and zealous. After school and on holidays, I won't abuse my freedom. I won't waste or squander any time, because time is precious. I will never misuse the independence you give me. *Most of all*, I will keep working hard. I won't abandon my dream. I will never give up. I won't quit. *In the long run*, I believe I can accomplish my goals.

Dear Mom and Dad, you are my loving parents. I will do what you expect me to do. I won't fall short of your expectations. I will definitely complete my mission. Trust me, I will make you proud.

Love always,
Maggie

UNIT 6

【中文翻譯】

給爸媽的一封信

親愛的爸媽：

能當您們的孩子，我覺得很幸運。我打從心底地愛您們。我想告訴您們，我要當個乖小孩。

從今天起，我向您們保證，我不會翹課。我上課時會保持清醒，並且非常專注。我一定會非常注意。換句話說，即使課程很無聊，我也不會睡覺或打瞌睡。

現在，我向您們保證三件事。第一，我會接受挑戰，參加所有學校的活動。例如，我會加入英語社。我會參加英語演講比賽和英語寫作比賽等。其次，我一定要進步。我會非常努力，要在生活中的各個方面都有所成長。無論如何，我都會向前進。之後，對於我所做的每一件事，我都會非常精確。無論我做什麼，我都會很精確而且實在。

此外，我一定要有雄心壯志並且有進取心。我會一直抱持希望，並且充滿熱忱。放學後和放假時，我不會濫用我的自由。我不會浪費或揮霍任何時間，因為時間很寶貴。我絕不會濫用您們給我的獨立自主權。最重要的是，我會持續努力。我不會放棄我的夢想。我絕不會放棄。我不會放棄。我相信到最後我一定能達成我的目標。

親愛的爸媽，您們是很疼愛我的父母。我會做到您們期待我做的。我不會辜負您們的期望。我一定會完成我的使命。相信我，我會讓您們感到光榮。

永遠愛您們的，
瑪姬

【註釋】

guy〔gaɪ〕*n.* 人　　***you guys*** 你們
from the bottom of *one's heart* 衷心；由衷
assure〔əˈʃʊr〕*v.* 向…保證　　***participate in*** 參加（ = *take part in* ）
club〔klʌb〕*n.* 社團　　contest〔ˈkɑntɛst〕*n.* 比賽
and so on 等等（ = *and so forth* ）
make every effort to V. 努力～　　aspect〔ˈæspɛkt〕*n.* 方面
most of all 最重要的是（ = *most important of all* ）
in the long run 到最後　　loving〔ˈlʌvɪŋ〕*adj.* 充滿著愛的
short〔ʃɔrt〕*adj.* 缺乏的；不足的　　***fall short of*** 未達到
fall short of *one's expectations* 辜負某人的期望
definitely〔ˈdɛfənɪtlɪ〕*adv.* 一定　　mission〔ˈmɪʃən〕*n.* 任務；使命
「Trust me, + 句子」是慣用法。

Unit 6 同義字整理

※ 重複地背，不斷地使用，單字能快速增加。

1. I won't skip class.
　 我不會翹課。
= I won't cut class. 我不會翹課。
= I won't ditch class.
　 我不會翹課。

= I won't blow off class.
　 我不會翹課。
= I won't miss class. 我不會翹課。
= I won't be missing from
　 class. 我不會翹課。

= I won't be absent from class.
　 我不會翹課。
= I won't be gone from class.
　 我不會翹課。
= I won't be away from class.
　 我不會翹課。

2. awake〔ə'wek〕adj. 醒著的；
　 警覺的
= wide-awake〔'waɪdə'wek〕adj.
　 完全清醒的；機警的
= wakeful〔'wekfəl〕adj. 醒著的；
　 警覺的

= watchful〔'watʃfəl〕adj. 機警
　 的；小心的
= heedful〔'hidfəl〕adj. 注意的
= observant〔əb'zɜvənt〕adj. 留心
　 的；當心的；注意的；觀察力敏銳的

= aware〔ə'wɛr〕adj. 知道
　 的；察覺到的；警覺的
= alive〔ə'laɪv〕adj. 有活力
　 的；注意到的；敏感的
= attentive〔ə'tɛntɪv〕adj.
　 專注的；傾聽的

＊　＊　＊

= conscious〔'kanʃəs〕adj.
　 知道的；察覺到的；有意識的
= alert〔ə'lɝt〕adj. 警覺的
= on the alert 注意；留意

= on guard 警戒著
= on the lookout 提防；警戒
= on one's toes 保持警覺的

sleep〔slip〕v. 睡覺
= snooze〔snuz〕v. 打瞌
　 睡；小睡
= doze〔doz〕v. 打瞌睡；小睡

= doze off 打瞌睡
= catnap〔'kætnæp〕v.
　 小睡；打瞌睡
= take a catnap 小睡

= take a nap 小睡；打瞌睡
= get some shut-eye
　 稍睡一會兒
= drowse〔drauz〕v. 打瞌睡

UNIT
6

{
= be asleep 睡著
= fall asleep 睡著
= drift off 迷迷糊糊地睡著

3. {
   accept ﹝ æk'sɛpt ﹞ *v.* 接受
= take ﹝ tek ﹞ *v.* 接受
= undertake ﹝,ʌndə'tek ﹞ *v.*
承擔;接受;著手做

{
= welcome ﹝'wɛlkəm ﹞ *v.*
歡迎;樂於接受
= face ﹝ fes ﹞ *v.* 面對
= meet ﹝ mit ﹞ *v.* 面對

{
= embrace ﹝ ɪm'bres ﹞ *v.*
擁抱;欣然接受
= take on 承擔;僱用;
接受(挑戰);著手做
= say yes to 贊成;同意;接受

4. {
   advance ﹝ əd'væns ﹞ *v.* 進步
= progress ﹝ prə'grɛs ﹞ *v.* 進步
= proceed ﹝ prə'sid ﹞ *v.*
前進;進步

{
= grow ﹝ gro ﹞ *v.* 成長
= develop ﹝ dɪ'vɛləp ﹞ *v.*
發展;進展
= improve ﹝ ɪm'pruv ﹞ *v.*
改善;進步

{
= go ahead 前進
= go forward 前進
= move forward 前進

5. {
   accurate ﹝'ækjərɪt ﹞ *adj.*
精確的;準確的;正確無誤的
= correct ﹝ kə'rɛkt ﹞ *adj.* 正確的
= careful ﹝'kɛrfəl ﹞ *adj.* 小心的;
仔細的

{
= exact ﹝ ɪg'zækt ﹞ *adj.* 準確的
= explicit ﹝ ɪk'splɪsɪt ﹞ *adj.*
明確的
= right ﹝ raɪt ﹞ *adj.* 正確的

{
= faithful ﹝'feθfəl ﹞ *adj.* 忠實的;
正確的
= truthful ﹝'truθfəl ﹞ *adj.* 真實
的;實在的
= precise ﹝ prɪ'saɪs ﹞ *adj.*
精確的

6. {
   ambitious ﹝ æm'bɪʃəs ﹞ *adj.*
有野心的;有抱負的;雄心勃勃的
= eager ﹝'igɚ ﹞ *adj.* 熱切的;
渴望的
= enthusiastic ﹝ ɪn,θjuzɪ'æstɪk ﹞
adj. 狂熱的;熱中的;熱心的

{
= daring ﹝'dɛrɪŋ ﹞ *adj.* 大膽的;
勇敢的
= striving ﹝'straɪvɪŋ ﹞ *adj.*
努力的;奮鬥的
= enterprising ﹝'ɛntɚ,praɪzɪŋ ﹞
adj. 有事業心的;有進取心的;
有工作熱忱的

UNIT
6

UNIT **6**

= intent〔ɪn'tɛnt〕*adj.* 專心的；
專注的

= hopeful〔'hopfəl〕*adj.* 抱著希
望的

= zealous〔'zɛləs〕*adj.* 熱心的；
狂熱的

7. **abuse**〔ə'bjuz〕*v.* 濫用

= misuse〔mɪs'juz〕*v.* 濫用；
誤用

= misemploy〔,mɪsɪm'plɔɪ〕*v.*
對…使用不當

= misappropriate
〔,mɪsə'proprɪ,et〕*v.* 濫用

= misinterpret〔,mɪsɪn'tɝprɪt〕
v. 誤解

= misunderstand
〔,mɪsʌndə'stænd〕*v.* 誤解；
誤會

= waste〔west〕*v.* 浪費

= squander〔'skwɑndə〕*v.*
揮霍

= exploit〔ɪk'splɔɪt〕*v.*
不當地利用

8. **abandon**〔ə'bændən〕*v.*
拋棄

= desert〔dɪ'zɝt〕*v.* 拋棄

= forsake〔fə'sek〕*v.* 拋棄

= discard〔dɪs'kɑrd〕*v.* 拋棄

= discontinue
〔,dɪskən'tɪnju〕*v.* 停止；中斷

= ditch〔dɪtʃ〕*v.* 丟棄；甩開
n. 水溝

= quit〔kwɪt〕*v.* 停止；放棄

= give up (on) 放棄；對…
死心

= let go of 放掉

9. **accomplish**〔ə'kɑmplɪʃ〕
v. 完成；達成

= achieve〔ə'tʃiv〕*v.* 達到；
完成；達成

= attain〔ə'ten〕*v.* 達到；
達成；獲得

= reach〔ritʃ〕*v.* 達到

= realize〔'rɪəl,aɪz〕*v.* 實現；
了解

Unit 7 To Honor Our Teachers
向老師致敬的演講

I. 先背 **9** 個核心關鍵句：

> **We are grateful**.
> We admire you.
> You did a fantastic job.
>
> **We were lucky to have you**.
> We are sad to leave you.
> We will remember you forever.
>
> **You sacrificed a lot**.
> We want to honor you.
> We will continue to excel.

　　這一回九句是用在謝師宴上，向老師致敬的話。
首先要表示我們很感激 (**We are grateful**.)，我們很
佩服您 (**We admire you**.)。老師最喜歡聽的話是他教
得很好，你可以對他說：「您教得真好。」(You did
a fantastic job.)。

再說一些感性的話：有您我們很幸運。(**We were lucky to have you**.)，我們很捨不得離開您。(We are sad to leave you.)，我們會永遠記得您 (We will remember you forever.)，您犧牲很多 (**You sacrificed a lot**.)。最後要說：「我們要向您致敬。」(We want to honor you.) 向他保證「我們會繼續有傑出的表現。」(We will continue to excel.) 老師聽了這些話，將會非常感動。老師愛護學生，就像對子女一樣。同學未來有什麼需要協助的地方，老師會非常樂意幫助。

II. 背關鍵句中的同義字：

---

1. We are grateful. (我們很感激。)

---

grateful 〔'gretfəl 〕 *adj.* 感激的
= thankful 〔'θæŋkfəl 〕 *adj.* 感謝的
= appreciative 〔 ə'priʃɪ,etɪv 〕 *adj.* 感激的

* 前兩個字的字尾是 ful。

= obliged 〔 ə'blaɪdʒd 〕 *adj.* 感激的
= much obliged 非常感激的
= deeply appreciative 非常感激的

* 前兩個都有 obliged。

= indebted 〔 ɪn'dɛtɪd 〕 *adj.* 負債的；感激的
= in *one's* debt 感激某人
= full of gratitude 充滿感激

* 前兩個都有 debt。

debt〔dɛt〕*n.* 債務　　in *one's* debt 字面的意思是
「欠某人的債」，引申為「虧欠某人」，即「感激某人」。
gratitude〔'grætə,tjud〕*n.* 感激；感謝

上面 9 個背至 10 秒內，終生不忘記。

背完同義字，再背同義句（聽 MP3 時，同義句有重複的
部份，剛好加深句型印象）：

> **We are grateful.**
> = We are *thankful*.（我們很感謝。）
> = We are *appreciative*.（我們非常感激。）【語氣強】

> = We are *obliged*.（我們很感激。）
> = We are *much obliged*.（我們非常感激。）
> = We are *deeply appreciative*.
> 　（我們非常非常感激。）【語氣最強】

> = We are *indebted*.（我們很感激。）
> = We are *in your debt*.（我們感激您。）
> = We are *full of gratitude*.
> 　（我們充滿感激。）【語氣正式】

UNIT 7

We are grateful. 可加強語氣說成：We are really grateful.
（我們真的很感激。）或 We are more than grateful.（我們
感激得不得了。）more than 作「不只…而已」解。

We are indebted.（我們很感激。）可說成：We are indebted
to you.（我們很感激您。）或加強語氣說成：We are forever
indebted to you.（我們永遠感激您。）

將 **We are grateful.** 句子變長的說法：

$$We\ are \begin{cases} \textit{grateful} \\ \textit{thankful} \\ \textit{obliged} \\ \textit{much obliged} \\ \textit{indebted} \end{cases} to\ you.$$

= We are $\begin{cases} \textit{appreciative} \\ \textit{deeply appreciative} \end{cases}$ of it.

= We **appreciate** it.

= We are **full of gratitude**. (我們很感激。)

這個很重要。

*
```
ap  +  preci  +  ate
 |        |        |
to  +  price  +   v.
```

按字根分析，主要意思是「估價；重視」，I appreciate it.
(我重視這件事。) 引申為「我很感謝」。I appreciate you.
字面的意思是「我重視你」，也就是「我很賞識你。」
同理，可以說：I'm appreciative of it. (我很感謝你。) 不能說：*I'm appreciative to you.* (我很感謝你。)(誤)，如果說：I'm appreciative of you. 是指「我很欣賞你。」(= *I appreciate you.*)

【比較1】

　　I appreciate it. (我很感激。)

　　I appreciate you. (我很欣賞你。)

【比較2】

　　I'm appreciative of it. (我很感激。)

　　I'm appreciative to you. (誤)

　　I'm appreciative of what you've done. (正)

　　(我很感激你做的一切。)

appreciate 和 appreciative 本義是「重視」，所以後面接人表示「欣賞」，接「非人」時，引申為「感激」。

$$
\text{We are}
\left\{
\begin{array}{l}
\textit{grateful} \\
\textit{thankful} \\
\\
\textit{obliged} \\
\textit{much obliged} \\
\textit{indebted}
\end{array}
\right\}
\text{to you.}
$$

= We are *in your debt*. (我們很感激您。)

2. We admire you. (我們很佩服您。)

> **admire** 〔 əd'maɪr 〕 *v.* 讚賞；佩服
> = appreciate 〔 ə'priʃɪ͵et 〕 *v.* 欣賞；重視
> = esteem 〔 ə'stim 〕 *v.* 尊重；尊敬；重視

* 前兩個字是 a 開頭。

> = respect 〔 rɪ'spɛkt 〕 *v.* 尊敬
> = revere 〔 rɪ'vɪr 〕 *v.* 崇敬；尊崇；尊敬
> = value 〔'vælju 〕 *v.* 重視；尊重

* 前兩個字是 re 開頭。

> = honor 〔'ɑnɚ 〕 *v.* 尊敬；給予⋯榮譽
> = prize 〔 praɪz 〕 *v.* 重視；珍視 (= *value highly*)
>   *n.* 獎賞；獎金；獎品
> = look up to 尊敬

* 片語通常放最後。

上面 9 個背至 6 秒內，終生不忘記。

UNIT
7

背完同義字，再背同義句：

這一組很有用。

We admire you.
= We *appreciate* you. (我們很欣賞您。)
= We *esteem* you. (我們很尊重您。)

= We *respect* you. (我們很尊敬您。)
= We *revere* you. (我們很尊敬您。)
= We *value* you. (我們很尊重您。)

= We *honor* you. (我們很尊敬您。)
= We *prize* you. (我們非常重視您。)
= We *look up to* you. (我們很尊敬您。)

3. You did a fantastic job.

(您教得真好。)

fantastic〔fæn'tæstɪk〕*adj.* 很棒的
= fabulous〔'fæbjələs〕*adj.* 很棒的
= phenomenal〔fə'nɑmənḷ〕*adj.* 驚人的；非凡的

＊前兩個字是 f 開頭，第三個字開頭是 /f/ 的音。

= marvelous〔'marvḷəs〕*adj.* 很棒的
= magnificent〔mæg'nɪfəsṇt〕*adj.* 很棒的；壯麗的
= wonderful〔'wʌndəfəl〕*adj.* 很棒的

＊前兩個字是 ma 開頭。

UNIT
7

= super〔'supɚ〕 *adj.* 極好的；超級的

= superb〔su'pɝb〕 *adj.* 極好的；超群的

= splendid〔'splɛndɪd〕 *adj.* 極好的；壯麗的

＊這三個字都是 s 開頭，前兩個字都有 super。

*　　*　　*

= spectacular〔spɛk'tækjələ〕 *adj.* 壯觀的；驚人的；
　突出的

= terrific〔tə'rɪfɪk〕 *adj.* 很棒的

= tremendous〔trɪ'mɛndəs〕 *adj.* 極好的；很了不起的

＊後兩個字是 t 開頭。

= awesome〔'ɔsəm〕 *adj.* 很棒的；令人敬畏的

= amazing〔ə'mezɪŋ〕 *adj.* 令人吃驚的；很棒的

= admirable〔'ædmərəbḷ〕 *adj.* 令人欽佩的；令人驚嘆的

＊這三個字都是 a 開頭。

= good〔gʊd〕 *adj.* 好的

= great〔gret〕 *adj.* 很棒的

= excellent〔'ɛksḷənt〕 *adj.* 極好的

＊前兩個字是 g 開頭。

= brilliant〔'brɪljənt〕 *adj.*
　精彩的；出色的

= incredible〔ɪn'krɛdəbḷ〕 *adj.*
　令人難以置信的；驚人的

= outstanding〔'aʊt'stændɪŋ〕 *adj.*
　傑出的；出眾的；著名的

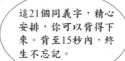

這21個同義字，精心
安排，你可以背得下
來。背至15秒內，終
生不忘記。

UNIT
7

背完同義字，再背同義句（很常用）：

You did a fantastic job.
= You did *a fabulous* job.（您教得很棒。）
= You did *a phenomenal* job.（您教得與眾不同。）

= You did *a marvelous* job.（您教得很棒。）
= You did *a magnificent* job.（您教得很棒。）
= You did *a wonderful* job.（您教得很棒。）

= You did *a super* job.（您教得超好。）
= You did *a superb* job.（您教得極好。）
= You did *a splendid* job.（您教得極好。）

* * *

= You did *a spectacular* job.（您教得與眾不同。）
= You did *a terrific* job.（您教得很棒。）
= You did *a tremendous* job.（您教得極好。）

= You did *an awesome* job.（您教得很棒。）
= You did *an amazing* job.（您教得很棒。）
= You did *an admirable* job.
（您教得真是令人欽佩。）

= You did *a good* job.（您教得很好。）
= You did *a great* job.（您教得很棒。）
= You did *an excellent* job.（您教得極好。）

稱讚別人很重要。

  { = You did *a brilliant* job. (您教得很出色。)
  = You did *an incredible* job.
  (您教得好到令人難以置信。)
  = You did *an outstanding* job. (您教得很好。)

4. We were lucky to have you.
(有您我們很幸運。)

  { lucky〔ˈlʌkɪ〕*adj.* 幸運的
  = blessed〔blɛst〕*adj.* 幸福的;幸運的
  = fortunate〔ˈfɔrtʃənɪt〕*adj.* 幸運的

  * blessed 在名詞前唸成〔ˈblɛsɪd〕。(詳見
  「一口氣背會話」p.205) 在字典上有 blest
  等於 blessed,但美國人少用。

背完同義字,再背同義句:

  { **We were lucky to have you**.
  = We were *blessed* to have you. (有您我們很幸福。)
  = We were *fortunate* to have you. (有您我們很幸運。)

UNIT
7

5. We are sad to leave you.
(我們很捨不得離開您。)

  { sad〔sæd〕*adj.* 傷心的;難過的
  = unhappy〔ʌnˈhæpɪ〕*adj.* 不高興的
  = miserable〔ˈmɪzərəbḷ〕*adj.* 悲慘的;感到悲哀的;痛苦的

> = depressed〔dɪˋprɛst〕*adj.* 沮喪的
> = distressed〔dɪˋstrɛst〕*adj.* 痛苦的
> = grieved〔grivd〕*adj.* 悲傷的

* 這三個字都是 ed 結尾。

> = grief-stricken〔ˋgrifˋstrɪkən〕*adj.* 憂傷的；極爲悲痛的
> = broken-hearted〔ˋbrokənˋhɑrtɪd〕*adj.* 傷心的；心碎的
>   (= *heart-broken*)
> = heavy-hearted〔ˋhɛvɪˋhɑrtɪd〕*adj.* 心情沈重的；
>   憂鬱的；悲傷的

* 這三個字都是複合形容詞，後兩個字都有 hearted。

grief〔grif〕*n.* 悲傷
strike〔straɪk〕*v.* (疾病、痛苦等) 襲擊
-stricken〔ˋstrɪkən〕*adj.* 受～侵襲的

上面 9 個同義字背至 8 秒內，終生不忘記。

背完同義字，再背同義句 (很常用)：

> **We are sad to leave you.**
> = We are *unhappy* to leave you.
>   (我們很捨不得離開您。)
> = We are *miserable* to leave you.
>   (要離開您我們很痛苦。)

> = We are *depressed* to leave you.
>   (要離開您我們很沮喪。)
> = We are *distressed* to leave you.
>   (要離開您我們很痛苦。)
> = We are *grieved* to leave you.
>   (要離開您我們很悲傷。)

UNIT
7

⎧ = We are *grief-stricken* to leave you.

  （要離開您我們極為悲痛。）

  = We are *broken-hearted* to leave you.

  （要離開您我們心都碎了。）

⎩ = We are *heavy-hearted* to leave you.

  （要離開您我們心情很沈重。）

這句話還可以説成：

> We are sad to *depart from* you.
>
> （我們很捨不得離開您。）
>
> We are sad to *say goodbye to* you.
>
> （我們很捨不得向您說再見。）
>
> We are sad to *take leave of* you.
>
> （我們很捨不得向您告別。）

> * depart〔dɪ'pɑrt〕*v.* 出發；離開
>
> *depart from* 離開　　*take leave of* 向…告別

---

6. We will remember you forever.
（我們會永遠記得您。）

⎧ **forever**〔fə'ɛvə〕*adv.* 永遠；永久地

  = **forevermore**〔fə'ɛvə,mor〕*adv.* 永遠（ = *forever* ）

  = forever and ever　永久；永遠

⎩　(= *forever and a day*)

* 這三個都有 forever。

{
= for good　永遠

= for keeps　永遠地；永久地

= for all time　永遠
}

* 三個片語都是 for 開頭。
　for all time 字典上查不到，但美國人常說。

{
= to the end of time　永遠；直到永遠

= till the end of time　永遠；直到永遠

= till the cows come home　無限期地；永遠
}

* 前兩個都有 the end of time；後兩個都有 till。
　cow〔kaʊ〕*n.* 母牛　***till the cows come home*** 字面
　的意思是「直到母牛回家」，母牛不會會自己回來，所以不知
　道要等到哪一天，引申為「無限期地；永遠」。

背完同義字，再背同義句：

{
We will remember you forever.

= We will remember you *forevermore*.

（我們會永遠記得您。）

= We will remember you *forever and ever*.

（我們會永遠記得您。）
}

{
= We will remember you *for good*.

（我們會永遠記得您。）

= We will remember you *for keeps*.

（我們會永遠記得您。）

= We will remember you *for all time*.

（我們會永遠記得您。）
}

= We will remember you *to the end of time.*

（我們會永遠記得您。）

= We will remember you *till the end of time.*

（我們會永遠記得您。）

= We will remember you *till the cows come home.*

（我們會永遠記得您。）

7. You sacrificed a lot. (您犧牲很多。)

sacrifice〔'sækrə,faɪs〕*v.* 犧牲；奉獻；放棄

= surrender〔sə'rɛndɚ〕*v.* 放棄；投降

= lose〔luz〕*v.* 失去

* 前兩個字是 s 開頭，第三個字也有 s。

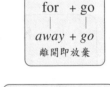

for + go
| |
away + *go*
離開即放棄

= forgo〔fɔr'go〕*v.* 放棄；拋棄

= forfeit〔'fɔrfɪt〕*v.* 喪失；失去

= abandon〔ə'bændən〕*v.* 放棄；
拋棄

* 前兩個字都是 for 開頭。

for + feit
| |
away + *make*
在外面做→喪失；失去

UNIT
7

= give up 放棄

= part with 和~分手；出讓；放棄

= let go of 放掉；放開

上面 9 個背至 7 秒內，終生不忘記。

背完同義字，再背同義句：

> **You sacrificed a lot**.
> = You *surrendered* a lot. (您放棄很多。)
> = You *lost* a lot. (您失去很多。)

> = You *forwent* a lot. (您放棄很多。)
> = You *forfeited* a lot. (您失去很多。)
> = You *abandoned* a lot. (您放棄很多。)

> = You *gave up* a lot. (您放棄很多。)
> = You *parted with* a lot. (您放棄很多。)
> = You *let go of* a lot. (您放棄很多。)

---

8. We want to honor you.
(我們要向您致敬。)

> **honor** 〔ˈɑnɚ〕 *v.* 尊敬；向～致敬；給予榮耀
> = praise 〔 prez 〕 *v.* 稱讚
> = celebrate 〔ˈsɛləˌbret 〕 *v.* 當衆讚美；慶祝；讚揚

*honor 的主要意思是「榮譽」，當動詞時有兩個意思：①尊敬 (= *admire*) ②向～致敬；給予榮耀 (= *pay respect to*)。

UNIT
7

$\left\{\begin{array}{l} = \text{compliment} (\text{'kamplə,mɛnt}) \textit{v.} \text{ 稱讚} \\ = \text{commend} (\text{kə'mɛnd}) \textit{v.} \text{ 稱讚} \\ = \text{glorify} (\text{'glorə,faɪ}) \textit{v.} \text{ 使光榮;給予榮耀;讚美;頌揚} \end{array}\right.$

* 前兩個字都是 com 開頭。

$\left\{\begin{array}{l} = \text{pay respect to} \quad \text{向…致敬} \\ = \text{pay tribute to} \quad \text{向…致敬} \\ = \text{pay homage to} \quad \text{向…致敬} \end{array}\right.$

* 這三個片語都有 pay 和 to。

tribute (‚trɪbjut) *n.* (表示讚賞、敬意的) 讚辭;稱讚;貢品
homage (‚hamɪdʒ) *n.* 敬意;尊敬

上面 9 個背至 7 秒內,終生不忘記。

這些句子
有背才會說。

背完同義字,再背同義句:

$\left\{\begin{array}{l} \textbf{We want to honor you.} \\ = \text{We want to } \textbf{\textit{praise}} \text{ you.} \\ \quad (\text{我們要稱讚您。}) \\ = \text{We want to } \textbf{\textit{celebrate}} \text{ you.} (\text{我們要讚揚您。}) \end{array}\right.$

$\left\{\begin{array}{l} = \text{We want to } \textbf{\textit{compliment}} \text{ you.} (\text{我們要稱讚您。}) \\ = \text{We want to } \textbf{\textit{commend}} \text{ you.} (\text{我們要稱讚您。}) \\ = \text{We want to } \textbf{\textit{glorify}} \text{ you.} (\text{我們要讚美您。}) \end{array}\right.$

UNIT
7

$\left\{\begin{array}{l} = \text{We want to } \textbf{\textit{pay respect to}} \text{ you.} \\ \quad (\text{我們要向您致敬。}) \\ = \text{We want to } \textbf{\textit{pay tribute to}} \text{ you.} (\text{我們要向您致敬。}) \\ = \text{We want to } \textbf{\textit{pay homage to}} \text{ you.} \\ \quad (\text{我們要向您致敬。}) \end{array}\right.$

9. We will continue to excel.
（我們會繼續有傑出的表現。）

> **We will continue to excel**.
> = We will continue to **achieve**.
> （我們會繼續達成目標。）
> = We will continue to **succeed**.
> （我們會繼續邁向成功。）

* excel〔ɪkˈsɛl〕*v.* 擅長；突出；勝過一般人；有傑出的表現
achieve〔əˈtʃiv〕*v.* 達到預期的目的；如願以償

excel 的形容詞是 excellent，英文解釋是 do something extremely well 或 be better than average（勝過一般人）。achieve 是及物和不及物兩用動詞，也可以說成：We will continue to achieve success.（我們會繼續邁向成功。）

> = We will continue to **reach for the star**s.
> （我們會繼續有遠大的志向。）
> = We will continue to **strive to be the best**.
> （我們會持續努力做到最好。）
> = We will continue to **achieve excellence**.
> （我們會繼續努力做到最好。）

* *reach for* 伸手去拿　　*reach for the stars* 志向遠大
strive〔straɪv〕*v.* 努力
excellence〔ˈɛksləns〕*n.* 卓越；優秀

Ⅲ. **短篇演講**：用所背過的 9 個關鍵句，加上開場白、轉承語
和結尾，就可組成短篇演講。

Dear students.（親愛的同學們。）
It's great to see all of you here.
（很高興看到大家都在這裡。）
I'd like to say a few words in honor of our
teachers.（我想要說幾句話來向我們的老師致敬。）

Teachers, we are grateful.（老師，我們很感激。）
We admire you.（我們很佩服您。）
You did a fantastic job.（您教得真好。）

We were lucky to have you.（有您我們很幸運。）
We are sad to leave you.（我們很捨不得離開您。）
We will remember you forever.
（我們會永遠記得您。）

You sacrificed a lot.（您犧牲很多。）
We want to honor you.（我們要向您致敬。）
We will continue to excel.
（我們會繼續有傑出的表現。）

Now, *let's raise our glasses.*
（現在，讓我們舉杯。）
To the best teachers.
（敬最棒的老師。）
We wish you all the best.（我們祝您萬事如意。）

UNIT
7

IV. 長篇演講：背完同義字和同義句，就可發表精彩的長篇
演講。

To Honor Our Teachers
（向老師致敬的演講）

Dear students and faculty:	親愛的同學和全體教職人員：
It's a pleasure to see all of you.	很高興能看到大家。
It's such a treat to be here.	很高興能來到這裡。

I'd like to say a few words in honor of our teachers. 我想要說幾句話來向我們的老師致敬。

Our teachers are responsible for where we are today. 老師讓我們今天能走到人生的這個階段。

Next to our families, they are the most important people in our lives. 老師在我們人生中的重要性，僅次於我們的家人。

Teachers, we are grateful. 老師，我們很感激。

We are full of gratitude. 我們充滿感激。

In fact, words alone cannot express our appreciation. 事實上，單單用言語，無法表達我們有多感激。

We are more than thankful. 我們非常感激。

We are more than obliged. 我們非常感激。

To be sure, we are forever indebted to you. 我們真的會永遠感激您。

We admire you. 我們很佩服您。

You have our utmost respect. 我們最尊敬的就是您。

We, as students, look up to you. 我們身為學生，非常尊敬您。

UNIT
7

You did a fantastic job.	您教得眞好。
You were wonderful teachers.	您是很棒的老師。
Every one of you made a tremendous effort.	每位老師都非常努力。
You made learning an awesome experience.	您讓學習成爲一個很棒的經驗。
Your classes were fabulous.	您上的課很棒。
Your methods were marvelous.	您的方法眞是太好了。
Your lectures were wonderful.	您上課上得很棒。
Your preparation was magnificent.	您所做的準備非常充分。
On top of that, your dedication to teaching was amazing.	此外，您對教書的熱忱眞的很令人驚訝。
No doubt, we were lucky to have you.	無疑地，有您我們很幸運。
We were blessed to have such competent instructors.	我們很幸福，能有這麼有能力的老師。
We were fortunate to be under your tutelage.	我們很幸運能接受您的指導。
Therefore, we are sad to leave you.	因此，我們很捨不得離開您。
We leave here with heavy hearts.	我們會帶著沈重的心情離開這裡。
It grieves us to say goodbye.	要說再見我們很傷心。
Whatever happens, we will remember you forever.	無論發生什麼事，我們都會永遠記得您。
You are burned into our memories.	您烙印在我們的記憶裡。
Your presence will be felt forevermore.	我們會一直感受到您的存在。

UNIT
7

We will cherish you for good.　　　　　我們會永遠珍惜您。
We will revere you till the end of time.　我們會永遠尊敬您。
We will respect you till the cows　　　我們會永遠尊敬您。
　　come home.

To be honest, we know that you　　　老實說，我們知道您犧牲很
　　sacrificed a lot.　　　　　　　　多。
You forewent other opportunities.　　您放棄了其他的機會。
You parted with so much.　　　　　　您放棄了很多東西。

For this, we want to honor you.　　　因此，我們想要向您致敬。
We are compelled to praise your　　　我們不得不稱讚您的努力。
　　efforts.
We are determined to celebrate your　我們決定要歌頌您的偉大。
　　greatness.

Indeed, you deserve to be commended.　您真的值得我們讚揚。
You deserve the compliments.　　　　您值得我們稱讚。
It is not enough for us to simply pay　只是向您致敬，對我們而言
　　homage to you.　　　　　　　　是不夠的。

UNIT 7

That is to say, we want to pay tribute　也就是說，我們想要用行動
　　with our actions.　　　　　　　向您致敬。
We will honor you by continuing to　我們會持續有傑出的表現來
　　excel.　　　　　　　　　　　　向您致敬。
We will continue to achieve.　　　　我們會繼續達成目標。

Success will be our goal and nothing will stop us.	成功是我們的目標，沒有什麼能阻擋我們。
We will never stop reaching for the stars.	我們絕對會不停地有遠大的志向。
In your honor, we will always strive to be the best.	爲了向您致敬，我們一定會努力做到最好。
Again, teachers, we can't thank you enough.	老師，我們要向您再次表達無盡的感激。
We hope to make you proud of us someday.	我們希望將來有一天，能使您以我們爲榮。
It's the least we can do.	這是我們最起碼能做的。

【註釋】

treat〔tit〕*n.* 樂事（ = *pleasure*）

in honor of 向～致敬　　*be responsible for* 負責；導致；造成

Our teachers are responsible for where we are today.

= *Our teachers helped us get to this point in life.*

　　我們的老師幫助我們走到人生的這個階段。

next to 僅次於　　*more than* 不只是；非常　　*to be sure* 的確

utmost〔'ʌt,most〕*adj.* 最大的；最高的　　*look up to* 尊敬

tremendous〔trɪ'mɛndəs〕*adj.* 巨大的　　lecture〔'lɛktʃɚ〕*n.* 講課

competent〔'kɑmpətənt〕*adj.* 有能力的；能幹的

instructor〔ɪn'strʌktɚ〕*n.* 敎師

tutelage〔'tutḷɪdʒ〕*n.* 監督；指導【tutor〔'tjutɚ〕*n.* 家敎；老師】

with a heavy heart 心情沈重地　　grieve〔griv〕*v.* 使悲傷

burn into 使深印於

be burned into one's *memory* 使某人銘記不忘

presence〔'prɛzṇs〕*n.* 存在　compel〔kəm'pɛl〕*v.* 強迫；使不得不

be determined to 決心；決定（ = *determine*）

deserve〔dɪ'zɝv〕*v.* 應得　　someday〔'sʌm,de〕*adv.* 將來有一天

UNIT
7

V. 短篇作文：用背過的 9 個關鍵句，和部份同義句，加上轉承語，就可寫出精彩作文。

A Letter to Our Teachers

Dear Teachers,

Time flies. We are moving on. *Whatever happens*, we will always be grateful. We admire you so much. *Indeed*, you did a fantastic job. We were lucky to have you, and we are sad to leave you. *Without a doubt*, we will remember you forever.

We all know that you sacrificed a lot. *For one thing*, you put us first. You did everything you could do. *Accordingly*, we want to honor you. We promise we will continue to excel. *To be sure*, we will make you proud in the future. *Most importantly*, we wish you all the best.

Sincerely yours,
The Class of 2014

【中文翻譯】
給老師的一封信

親愛的老師：

　　時光飛逝。我們要繼續往前進了。無論發生什麼事，我們都會一直心存感激。我們非常佩服您。您真的教得很好。有您我們很幸運，所以我們很捨不得離開您。無疑地，我們會永遠記得您。

　　我們都知道，您犧牲很多。首先，您將我們放在第一位。您做了您所能做的一切。因此，我們想要向您致敬。我們保證，我們會繼續有傑出的表現。將來我們一定會使您感到光榮。最重要的是，我們要祝您萬事如意。

2014 年的全班同學　敬上

VI. 長篇作文：背完同義字和同義句，加上轉承語，就能寫出長篇作文。

A Letter to Our Teachers

Aug. 27th, 2014

Dear Teachers,

　　Time passes by too quickly. We don't want to go, but we have to move on. ***Whatever happens***, we will always be grateful, thankful, and appreciative. We are in your debt and full of gratitude. The whole class admires you so much.

　　To be sure, you did a fantastic and fabulous job. Your teaching is amazing, awesome, and admirable. You are really terrific teachers. ***Teachers***, our days

---

UNIT
7

as your students are over. We were lucky to have you, and we are sad to leave you. *Thus*, we are so depressed and grief-stricken. *A Chinese proverb says*, "If you are our teachers for one day, you are our teachers for life." *No doubt*, we will remember you till the end of time.

We all know that you sacrificed, forwent, and forfeited a lot. *To begin with*, you always put us first and did everything you could do. *For this reason*, we want to honor and celebrate you. We promise you we will continue to excel. We will achieve excellence, reaching for the stars, and striving to be the best. *Of course*, we will never let you down. We will be good and make you proud in the future.

Teachers, we are forever indebted to you. We hope you can promise to be our friends. *That is to say*, when you are in need, call us. *Equally*, can we just call you if we need your help? Please don't forget us, because we won't forget you. *Most important of all*, we wish you all the best. May God bless you.

Sincerely yours,
The Class of 2014

【中文翻譯】

給老師的一封信

2014 年 8 月 27 日

親愛的老師：

　　時間過得真快。我們不想離開，但卻必須繼續往前走。無論發生什麼事，我們會一直心存感激。我們感謝您，並且充滿感激。全班同學都非常佩服您。

　　您的確教得很好。您教得很棒，很令人欽佩。您真的是很棒的老師。老師，我們當您的學生的日子已經結束。有您我們很幸運，所以我們很捨不得離開您。因此，我們很沮喪，而且很悲傷。有句中文諺語說：「一日為師，終生為師。」無疑地，我們會永遠記得您。

　　我們都知道，您犧牲很多。首先，您總是把我們放在第一位，並且做了您所能做的一切。因此，我們想要表揚並讚美您。我們向您保證，我們會繼續有傑出的表現。我們會很優秀、有遠大的志向，並且努力做到最好。當然，我們絕不會讓您失望。我們會好好表現，將來使您感到光榮。

　　老師，我們永遠感激您。我們希望您能答應當我們的朋友。也就是說，當您有需要時，就打電話給我們。同樣地，如果我們需要幫忙，也可以打電話給您嗎？請不要忘記我們，因為我們不會忘了您。最重要的是，我們要祝您萬事如意。願上帝祝福您。

2014 年的全班同學　敬上

**UNIT
7**

【註釋】

pass by 經過；過去　　　***move on*** 繼續前進
be full of 充滿了　　　***for life*** 終生　　　***no doubt*** 無疑地
let sb. down 讓某人失望　　good〔gʊd〕*adj.* 乖的；規規矩矩的
that is to say 也就是說　　***in need*** 有需要；患難中
equally〔ˈikwəlɪ〕*adv.* 同樣地　　bless〔blɛs〕*v.* 祝福
Sincerely yours, 敬上【結尾敬語】(= *Yours sincerely,*)

Unit 7 同義字整理

※ 重複地背，不斷地使用，單字能快速增加。

1. grateful〔'gretfəl〕 adj.
感激的
= thankful〔'θæŋkfəl〕 adj.
感謝的
= appreciative〔ə'priʃɪˌetɪv〕
adj. 感激的

= obliged〔ə'blaɪdʒd〕 adj.
感激的
= much obliged 非常感激的
= deeply appreciative
非常感激的

= indebted〔ɪn'dɛtɪd〕 adj.
負債的；感激的
= in one's debt 感激某人
= full of gratitude 充滿感激

2. admire〔əd'maɪr〕 v. 讚賞；
佩服
= appreciate〔ə'priʃɪˌet〕 v.
欣賞；重視
= esteem〔ə'stim〕 v. 尊重；
尊敬；重視

= respect〔rɪ'spɛkt〕 v. 尊敬
= revere〔rɪ'vɪr〕 v. 崇敬；
尊崇；尊敬
= value〔'vælju〕 v. 重視；尊重

= honor〔'anɚ〕 v. 尊敬；給予…
榮譽
= prize〔praɪz〕 v. 重視；珍視
n. 獎賞；獎金；獎品
= look up to 尊敬

3. fantastic〔fæn'tæstɪk〕 adj.
很棒的
= fabulous〔'fæbjələs〕 adj.
很棒的
= phenomenal〔fə'namənḷ〕
adj. 驚人的；非凡的

= marvelous〔'marvḷəs〕 adj.
很棒的
= magnificent〔mæg'nɪfəsṇt〕
adj. 很棒的；壯麗的
= wonderful〔'wʌndɚfəl〕 adj.
很棒的

= super〔'supɚ〕 adj. 極好的；
超級的
= superb〔su'pɝb〕 adj. 極好
的；超群的
= splendid〔'splɛndɪd〕 adj.
極好的；壯麗的

* * *

= spectacular〔spɛk'tækjələ〕
  adj. 壯觀的；驚人的；突出的
= terrific〔tə'rɪfɪk〕*adj.* 很棒的
= tremendous〔trɪ'mɛndəs〕
  adj. 極好的；很了不起的

= awesome〔'ɔsəm〕*adj.* 很棒
  的；令人敬畏的
= amazing〔ə'mezɪŋ〕*adj.*
  令人吃驚的；很棒的
= admirable〔'ædmərəbḷ〕*adj.*
  令人欽佩的；令人驚嘆的

= good〔gʊd〕*adj.* 好的
= great〔gret〕*adj.* 很棒的
= excellent〔'ɛksḷənt〕*adj.*
  極好的

= brilliant〔'brɪljənt〕*adj.*
  精彩的；出色的
= incredible〔ɪn'krɛdəbḷ〕*adj.*
  令人難以置信的；驚人的
= outstanding〔'aʊt'stændɪŋ〕
  adj. 傑出的；出眾的；著名的

4. lucky〔'lʌkɪ〕*adj.* 幸運的
   = blessed〔blɛst〕*adj.* 幸福的；
     幸運的
   = fortunate〔'fɔrtʃənɪt〕*adj.*
     幸運的

5. sad〔sæd〕*adj.* 傷心的；
   難過的
   = unhappy〔ʌn'hæpɪ〕*adj.*
     不高興的
   = miserable〔'mɪzərəbḷ〕*adj.*
     悲慘的；感到悲哀的；痛苦的

= depressed〔dɪ'prɛst〕*adj.*
  沮喪的
= distressed〔dɪ'strɛst〕*adj.*
  痛苦的
= grieved〔grivd〕*adj.* 悲傷的

= grief-stricken
  〔'grif'strɪkən〕*adj.* 憂傷的；
  極為悲痛的
= broken-hearted
  〔'brokən'hartɪd〕*adj.*
  傷心的；心碎的
= heavy-hearted
  〔'hɛvɪ'hartɪd〕*adj.* 心情沈重
  的；憂鬱的；悲傷的

6. forever〔fə'ɛvə〕*adv.*
   永遠；永久地
   = forevermore〔fə'ɛvə,mor〕
     adv. 永遠
   = forever and ever 永久；
     永遠

UNIT
7

= for good　永遠
= for keeps　永遠地；永久地
= for all time　永遠

= to the end of time
　永遠；直到永遠
= till the end of time
　永遠；直到永遠
= till the cows come home
　無限期地；永遠

= compliment
　(ˈkɑmpləˌmɛnt) v. 稱讚
= commend (kəˈmɛnd) v.
　稱讚
= glorify (ˈglorəˌfaɪ) v. 使光
　榮；給予榮耀；讚美；頌揚

= pay respect to　向…致敬
= pay tribute to　向…致敬
= pay homage to　向…致敬

7.　**sacrifice** (ˈsækrəˌfaɪs) v. 犧牲；
　　奉獻；放棄
= surrender (səˈrɛndɚ) v. 放棄；
　投降
= lose (luz) v. 失去

= forgo (fɔrˈgo) v. 放棄；拋棄
= forfeit (ˈfɔrfɪt) v. 喪失；失去
= abandon (əˈbændən) v. 放棄；
　拋棄

= give up　放棄
= part with　和～分手；出讓；放棄
= let go of　放掉；放開

8.　**honor** (ˈɑnɚ) v. 尊敬；向～致
　　敬；給予榮耀
= praise (prez) v. 稱讚
= celebrate (ˈsɛləˌbret) v.
　當衆讚美；慶祝；讚揚

9.　**excel** (ɪkˈsɛl) v. 擅長；
　　突出；勝過一般人；有傑出
　　的表現
= achieve (əˈtʃiv) v. 達到
　預期的目的；如願以償
= succeed (səkˈsid) v.
　成功

= reach for the stars
　有遠大的志向
= strive to be the best
　努力做到最好
= achieve excellence
　努力做到最好

這些同義字我可以
背得下來，請看DVD。

Unit 8 How to Communicate Effectively
如何有效地溝通

I. 先背 **9** 個核心關鍵句：

Don't be deceptive.
Don't use fancy words.
Keep your message brief.

Know your audience.
Choose your words carefully.
Organize your thoughts.

Use body language.
Speak with enthusiasm.
Practice every chance you get.

　　說話很簡單，但是要如何才能有效地溝通（**How to Communicate Effectively**）？第一是不要欺騙（**Don't be deceptive.**），不要用華麗的言語（Don't use fancy words.），言語裝飾過度會讓人覺得很虛假、很做作。還有，長篇大論人們也不愛聽，所以，你傳遞的訊息要簡短（Keep your message brief.）。

　　其次，要了解你的聽眾 (**Know your audience.**)，一定要知道你的聽眾是誰，要謹慎選擇你說的話 (Choose your words carefully.)，否則，別人有聽沒有懂，你就白講了。還有，要整理你的想法 (Organize your thoughts.)，把你的想法架構清楚，組織明確，才能做有效的溝通。

　　最後，還要使用肢體語言 (**Use body language.**)，無論是臉部表情，還是手勢，都能讓你說的話更生動。說話要充滿熱忱 (Speak with enthusiasm.)，最重要的是，一有機會就要練習 (Practice every chance you get.)，不要放棄任何一個練習的機會，熟能生巧。

II. 背關鍵句中的同義字：

1. Don't be deceptive. (不要欺騙。)

　　deceptive 〔 dɪˈsɛptɪv 〕 *adj.* 欺騙的
= deceitful 〔 dɪˈsitfəl 〕 *adj.* 欺騙的
= dishonest 〔 dɪsˈɑnɪst 〕 *adj.* 不誠實的

＊ 前兩個字都是 de 開頭，deceptive 和 deceitful 都是 deceive (欺騙) 的形容詞，第三個字也是 d 開頭，dis 表否定。

= cheating 〔ˈtʃitɪŋ 〕 *adj.* 欺騙的
= misleading 〔 mɪsˈlidɪŋ 〕 *adj.* 誤導的；令人誤解的
= false 〔 fɔls 〕 *adj.* 錯誤的；欺騙的

＊ 前兩個字都是 ing 結尾。

UNIT
8

$\left\{\begin{array}{l}\end{array}\right.$ = untruthful〔ʌn'truθfəl〕*adj.* 說謊的;虛假的

= unreliable〔ˌʌnrɪ'laɪəbḷ〕*adj.* 不可靠的

= ambiguous〔æm'bɪgjuəs〕*adj.* 含糊的;
模稜兩可的

* 前兩個字都是 un 開頭,表否定。

上面 9 個字背至 5 秒內,終生不忘記。

背完同義字,再背同義句:

$\left\{\begin{array}{l}\end{array}\right.$ **Don't be deceptive.**
= Don't be *deceitful*. (不要欺騙。)
= Don't be *dishonest*. (不要不誠實。)

$\left\{\begin{array}{l}\end{array}\right.$ = Don't be *cheating*. (不要欺騙。)
= Don't be *misleading*. (不要誤導別人。)
= Don't be *false*. (不要欺騙。)

$\left\{\begin{array}{l}\end{array}\right.$ = Don't be *untruthful*. (不要虛假。)
= Don't be *unreliable*. (不要不可靠。)
= Don't be *ambiguous*. (不要模稜兩可。)

Don't be deceptive. 也可用動詞表達,說成:
Don't deceive. (不要欺騙。)

$\left\{\begin{array}{l}\end{array}\right.$ **deceive**〔dɪ'siv〕*v.* 欺騙
= cheat〔tʃit〕*v.* 欺騙;作弊
= trick〔trɪk〕*v.* 欺騙

UNIT
8

> = mislead〔mɪsˈlid〕v. 誤導；欺騙
> = misinform〔͵mɪsɪnˈfɔrm〕v. 誤報；給錯誤的消息
> = give the wrong impression　給予錯誤的印象

* 前兩個字都是 mis 開頭。

句子越短越好背。

背完同義字，再背同義句：

> **Don't deceive.**
> = Don't *cheat*.（不要欺騙。）
> = Don't *trick*.（不要欺騙。）

> = Don't *mislead*.（不要誤導別人。）
> = Don't *misinform*.（不要給錯誤的消息。）
> = Don't *give the wrong impression*.
> 　　（不要給人錯誤的印象。）

2. **Don't use fancy words.**
（不要用華麗的言語。）

> **fancy**〔ˈfænsɪ〕adj. 華麗的；裝飾的
> = fanciful〔ˈfænsɪfəl〕adj. 幻想的；
> 　空想的；花俏的
> = flashy〔ˈflæʃɪ〕adj. 華麗的；
> 　虛飾的

華麗的言語好聽，但不真誠。

* 這三個字都是 f 開頭，fanciful 來自 fancy。

UNIT
8

{
= elaborate〔ɪˈlæbərɪt〕*adj.* 精心計劃的；精巧的；
複雜的
= extravagant〔ɪkˈstrævəgənt〕*adj.* 奢侈的；
奢華的；(言行)放肆的；越軌的；極需的；過份的
= decorative〔ˈdɛkəˌretɪv〕*adj.* 裝飾的
}

＊前兩個字都是 e 開頭。

{
= pretentious〔prɪˈtɛnʃəs〕*adj.* 虛偽的；做作的
= affected〔əˈfɛktɪd〕*adj.* 裝模作樣的；虛飾的
= showy〔ˈʃoɪ〕*adj.* 華麗的；虛飾的；炫耀的；賣弄的
}

上面 9 個字背至 6 秒內，終生不忘記。

背完同義字，再背同義句：

{
Don't use fancy words.
= Don't use *fanciful* words. (不要用花俏的言語。)
= Don't use *flashy* words. (不要用華麗的言語。)
}

{
= Don't use *elaborate* words. (不要用複雜的言語。)
= Don't use *extravagant* words.
(不要用誇張的言語。)
= Don't use *decorative* words.
(不要說些冠冕堂皇的話。)
}

{
= Don't use *pretentious* words. (不要說虛偽的話。)
= Don't use *affected* words. (不要說虛偽的話。)
= Don't use *showy* words. (不要說炫耀的話。)
}

UNIT
8

3. **Keep your message brief**.

（你傳遞的訊息要簡短。）

> **brief**〔brif〕*adj.* 簡短的
> = **short**〔ʃɔrt〕*adj.* 簡短的
> = **limited**〔ˈlɪmɪtɪd〕*adj.* 有限的

> = **compact**〔kəmˈpækt〕*adj.* 簡潔的【注意發音】
> = **concise**〔kənˈsaɪs〕*adj.* 簡潔的；簡明的
> = **to the point** 扼要的；適切的；中肯的；切題的

* 前兩個字是 com 或 con 開頭，片語放在最後。compact
在名詞前唸〔ˈkɑmpækt〕。【詳見 Cambridge Pronouncing
Dictionary p.104】

上面6個在4秒內背完，終生不忘記。

背完同義字，再背同義句：

> **Keep your message brief**.
> = Keep your message *short*.
> （你傳遞的訊息要簡短。）
> = Keep your message *limited*.
> （你傳遞的訊息要有所限制。）

> = Keep your message *compact*.
> （你傳遞的訊息要簡潔。）
> = Keep your message *concise*.
> （你傳遞的訊息要簡潔。）
> = Keep your message *to the point*.
> （你傳遞的訊息要扼要。）

說話囉哩囉嗦
會惹人厭。

UNIT
8

4. Know your audience.
（要了解你的聽眾。）

{
know〔no〕*v.* 知道；認識；了解
= recognize〔'rɛkəɡˌnaɪz〕*v.* 認出；認得；承認
= understand〔ˌʌndəˈstænd〕*v.* 了解
}

{
= be aware of　知道；察覺到；意識到；認識
= be conscious of　知道；察覺到；意識到
}

＊這兩個片語的介系詞都是 of。

aware〔əˈwɛr〕*adj.* 知道的；察覺到的；有意識的
conscious〔'kɑnʃəs〕*adj.* 知道的；察覺到的；有意識的

{
= be familiar with　熟悉
= be acquainted with　認識；熟悉
}

＊這兩個片語的介系詞都是 with。

familiar〔fəˈmɪljə〕*adj.* 熟悉的
acquainted〔əˈkwentɪd〕*adj.* 認識的；熟悉的

上面 7 個背至 9 秒內，終生不忘記。

背完同義字，再背同義句：

{
Know your audience.
= ***Recognize*** your audience.（要認出你的聽眾。）
= ***Understand*** your audience.
　（要了解你的聽眾。）
}

UNIT
8

= ***Be aware of*** your audience.
（要知道你的聽衆。）
= ***Be conscious of*** your audience.
（要知道你的聽衆。）

= ***Be familiar with*** your audience.
（要熟悉你的聽衆。）
= ***Be acquainted with*** your audience.
（要認識你的聽衆。）

5. Choose your words carefully.
（要謹愼選擇你説的話。）

carefully〔'kɛrfəlɪ〕*adv.* 小心地；謹愼地；
仔細地
= cautiously〔'kɔʃəslɪ〕*adv.* 小心地；謹愼地
= wisely〔'waɪzlɪ〕*adv.* 聰明地；明智地

* 前兩個字都是 c 開頭。

= attentively〔ə'tɛntɪvlɪ〕*adv.* 專注地；專心地
= painstakingly〔'penz,tekɪŋlɪ〕*adv.* 盡心盡力地；
小心翼翼地
= prudently〔'prudəntlɪ〕*adv.* 愼重地；審愼地

* 後兩個字都是 p 開頭。painstakingly 來自動詞片語
take pains「盡力；費力」。

UNIT
8

$\left\{\begin{array}{l} \text{= discreetly (dɪ'skritlɪ) }\textit{adv.}\ 謹慎地 \\ \text{= with care}\ \ 小心地；謹慎地 \\ \text{= with caution}\ \ 小心地；謹慎地 \end{array}\right.$

＊後兩個片語來自「with＋抽象 N.」的用法，相當於副詞。
with care 小心地（= *carefully*）
with caution 小心地；謹慎地（= *cautiously*）

這9個背至7秒內，終生不忘記。

背完同義字，再背同義句：

贈人一言如珠玉，
傷人一言如劍擊。

$\left\{\begin{array}{l} \textbf{Choose your words carefully.} \\ \text{= Choose your words }\textit{\textbf{cautiously}}. \\ \quad（要謹慎地選擇你說的話。） \\ \text{= Choose your words }\textit{\textbf{wisely}}. \\ \quad（要明智地選擇你說的話。） \end{array}\right.$

$\left\{\begin{array}{l} \text{= Choose your words }\textit{\textbf{attentively}}. \\ \quad（要注意選擇你說的話。） \\ \text{= Choose your words }\textit{\textbf{painstakingly}}. \\ \quad（要小心翼翼地選擇你說的話。） \\ \text{= Choose your words }\textit{\textbf{prudently}}. \\ \quad（要謹慎地選擇你說的話。） \end{array}\right.$

$\left\{\begin{array}{l} \text{= Choose your words }\textit{\textbf{discreetly}}. \\ \quad（要謹慎地選擇你說的話。） \\ \text{= Choose your words }\textit{\textbf{with care}}. \\ \quad（要小心地選擇你說的話。） \\ \text{= Choose your words }\textit{\textbf{with caution}}. \\ \quad（要謹慎地選擇你說的話。） \end{array}\right.$

UNIT
8

6. Organize your thoughts.
（要整理你的想法。）

organize 〔'ɔrgən,aɪz 〕 v. 組織；整理；歸納；
使系統化
= arrange 〔 ə'rendʒ 〕 v. 安排；整理
= coordinate 〔 ko'ɔrdn,et 〕 v. 協調；整理

= prepare 〔 prɪ'pɛr 〕 v. 準備；預備；策劃；籌備
= plan 〔 plæn 〕 v. 計劃；策劃
= frame 〔 frem 〕 v. 架構；構思；制定；設計；
計劃；構想出

*前兩個字都是 p 開頭。

上面 6 個同義字 4 秒內背完，終生不忘記。

背完同義字，再背同義句：

Organize your thoughts.
= **Arrange** your thoughts. （整理你的想法。）
= **Coordinate** your thoughts. （整理你的想法。）

= **Prepare** your thoughts. （要準備好你的想法。）
= **Plan** your thoughts. （要規劃好你的想法。）
= **Frame** your thoughts. （要構思你的想法。）

UNIT
8

7. Use body language.
（要使用肢體語言。）

{
use〔juz〕v. 使用；利用
= employ〔ɪm'plɔɪ〕v. 使用；運用；雇用
= exercise〔'ɛksəˌsaɪz〕v. 練習；運用
}

　　* 後兩個字都是 e 開頭。

{
= practice〔'præktɪs〕v. 實行；練習；利用
= apply〔ə'plaɪ〕v. 應用；運用
= make use of 利用
}

　　* 由短到長，唸起來很順。

上面 6 個 4 秒內背完，終生不忘記。

背完同義字，再背同義句：

{
Use body language.
= *Employ* body language. （要使用肢體語言。）
= *Exercise* body language. （要運用肢體語言。）
}

{
= *Practice* body language. （要利用肢體語言。）
= *Apply* body language. （要運用肢體語言。）
= *Make use of* body language.
　　（要利用肢體語言。）
}

UNIT
8

8. Speak with enthusiasm.

（説話要充滿熱忱。）

enthusiasm〔ɪn'θjuzɪ,æzəm〕*n.* 熱忱；熱中；熱烈
= eagerness〔'igɚnɪs〕*n.* 熱心；熱切
= earnestness〔'ɝnɪstnɪs〕*n.* 熱心；誠摯；認眞

* 這三個字都是 e 開頭，後兩個字都是 ness 結尾。

= vigor〔'vɪgɚ〕*n.* 精力；活力；元氣
= vitality〔vaɪ'tælətɪ〕*n.* 活力；元氣；生氣
= energy〔'ɛnɚdʒɪ〕*n.* 精力；活力

* 這三個字都是「活力」，前兩個字是 vi 開頭。

*　　*　　*

= excitement〔ɪk'saɪtmənt〕*n.* 興奮
= passion〔'pæʃən〕*n.* 熱情
= zest〔zɛst〕*n.* 熱情

* 充滿「熱忱」就會很「興奮」、很「熱情」。

= zeal〔zil〕*n.* 熱心；熱忱
= keenness〔'kinnɪs〕*n.* 熱心；熱切
= spirit〔'spɪrɪt〕*n.* 精神；元氣

上面 12 個字背至 8 秒内，終生不忘記。

背完同義字，再背同義句：

Speak with enthusiasm.
= Speak with *eagerness*.（説話要熱心。）
= Speak with *earnestness*.（説話要誠懇。）

$\left\{\begin{array}{l} \text{= Speak with } \textit{\textbf{vigor}}. \text{（說話要有活力。）} \\ \text{= Speak with } \textit{\textbf{vitality}}. \text{（說話要有活力。）} \\ \text{= Speak with } \textit{\textbf{energy}}. \text{（說話要有活力。）} \end{array}\right.$

*　　*　　*

$\left\{\begin{array}{l} \text{= Speak with } \textit{\textbf{excitement}}. \text{（說話時要很興奮。）} \\ \text{= Speak with } \textit{\textbf{passion}}. \text{（說話時要熱情。）} \\ \text{= Speak with } \textit{\textbf{zest}}. \text{（說話要充滿熱情。）} \end{array}\right.$

$\left\{\begin{array}{l} \text{= Speak with } \textit{\textbf{zeal}}. \text{（說話要熱心。）} \\ \text{= Speak with } \textit{\textbf{keenness}}. \text{（說話要熱心。）} \\ \text{= Speak with } \textit{\textbf{spirit}}. \text{（說話要有精神。）} \end{array}\right.$

9. Practice every chance you get.
（一有機會就要練習。）

$\left\{\begin{array}{l} \textbf{Practice every chance you get}. \\ \text{= Practice day and night. （要日以繼夜地練習。）} \\ \text{= Practice whenever you can. （能練習就練習。）} \end{array}\right.$

* 這三句話都用 Practice 開頭。

day and night 日夜不停地；日以繼夜地（= *night and day*）
whenever you can 原為 whenever you can practice，
字面意思是「每當你可以練習的時候」。

UNIT
8

= Take every opportunity to practice.

（ 要把握每個機會練習。 ）

= Never pass up a chance to practice.

（ 不要放棄任何練習的機會。 ）

= Practice whenever possible.

（ 只要有可能就練習。 ）

＊前兩句話都用 to practice 結尾，第三句話再用 Practice
開頭。

opportunity〔͵ɑpɚ'tjunətɪ〕n. 機會　　***pass up*** 放棄
whenever possible 源自 whenever it is possible，
字面意思是「每當有可能的時候」。

= Rehearse whenever possible.

（ 只要有可能就演練。 ）

= Rehearse whenever you can. （ 能演練就演練。 ）

= Rehearse like crazy. （ 要拼命地演練。 ）

＊這三句話都用 Rehearse 開頭，第一句的 whenever
possible 接著上一組，第二句還是用 whenever，後
面改成和第一組一樣的 you can。

rehearse〔rɪ'hɝs〕v. 排練；預演
like crazy 拼命地（= *like mad*）

UNIT
8

每次和別人說話都
是你練習的機會。

Ⅲ. **短篇演講**：用所背過的 9 個關鍵句，加上開場白、轉承語
和結尾，就可組成短篇演講。

New friends and old friends:（新朋友和老朋友們：）
Greetings and welcome to you all.
（大家好，歡迎大家。）
My topic today is "How to Communicate
Effectively."（我今天的主題是「如何有效地溝通」。）

For starters, don't be deceptive.（首先，不要欺騙。）
Don't use fancy words.（不要用華麗的言語。）
Keep your message brief.（你傳遞的訊息要簡短。）

Besides that, know your audience.
（此外，要了解你的聽眾。）
Choose your words carefully.
（要謹慎選擇你說的話。）
Organize your thoughts.（要整理你的想法。）

In addition, use body language.
（此外，要使用肢體語言。）
Speak with enthusiasm.
（說話要充滿熱忱。）
Practice every chance you get.
（一有機會就要練習。）

Thank you.（謝謝大家。）
God bless you.（願上帝保佑你們。）
Have a great day.（祝你們有美好的一天。）

UNIT
8

IV. **長篇演講**：背完同義字和同義句，就可發表精彩的長篇
　　演講。

How to Communicate Effectively
（如何有效地溝通）

Ladies and gentlemen.	各位先生，各位女士。
It's an honor to be here.	很榮幸能來到這裡。
My topic today is communication.	我今天的主題是溝通。
Communication is a skill.	溝通是一種技巧。
You can learn how to use your words effectively.	你可以學習如何有效地運用你說的話。
With knowledge of the basics, you can get your point across.	有了基本的知識，你就可以使人了解你的論點。
First, don't be deceptive.	首先，不要欺騙。
Avoid misleading statements.	要避免誤導人的說法。
Steer clear of ambiguities.	不要含糊不清。
Be honest.	要誠實。
Never cheat.	絕不要欺騙。
Strive to be reliable.	要努力變得很可靠。
Next, don't use fancy words.	其次，不要用華麗的言語。
You can be articulate without flashy vocabulary.	你不用華麗的言語，也能清楚地表達想法。
You can make your point without elaborate terms.	你不用複雜的說法，也能表達你的論點。

UNIT
8

Moreover, big words are pretentious.　　此外，用難字很虛偽。
Your speech will be affected.　　你說起話來會很做作。
Your audience will be turned off by　　你的聽眾會對你誇張的言辭失
the extravagance.　　去興趣。

Third, keep your message brief.　　第三，你傳遞的訊息要簡短。
Speak in short sentences.　　說話時句子要短。
Present a limited number of ideas.　　所表達的概念數量要有所限制。

A compact message is easier to digest.　　簡短的訊息較容易理解。
People want you to be concise.　　人們會希望你簡單扼要。
They want you to get to the point.　　他們會要你只講重點。

Accordingly, know your audience.　　因此，要了解你的聽眾。
Recognize who you are addressing.　　要認清你演講的對象。
Be conscious of who you are speaking　　要知道你說話的對象。
to.

Similarly, choose your words carefully.　　同樣地，要謹慎選擇你說的話。
Speak with caution.　　說話要謹慎。
Speak with care.　　說話要小心。

To put it another way, organize your　　換句話說，要整理你的想法。
thoughts.
Plan what you intend to say.　　要規劃你打算要說的內容。
Coordinate your ideas.　　要整理你的想法。

Prepare yourself.　　要做好準備。
Frame your message.　　要構思你要傳遞的訊息。
Arrange your words in the most　　要以最和諧的方式來安排你要
harmonious way.　　說的話。

UNIT
8

On top of that, use body language.	此外，要使用肢體語言。
Use gestures.	要用手勢。
Employ movement to emphasize a point.	要用動作來強調你的論點。
Make use of your hands.	要運用你的雙手。
Be conscious of your posture.	要注意自己的姿態。
Practice your smile.	要練習微笑。
Likewise, speak with enthusiasm.	同樣地，說話要充滿熱忱。
Be earnest.	要誠懇。
Be passionate.	要熱情。
Finally, practice every chance you get.	最後，一有機會就要練習。
Never skip an opportunity.	絕不要錯過任何機會。
Rehearse day and night.	要日以繼夜地演練。
Effective communication is the key to success.	有效的溝通是成功的關鍵。
Its importance cannot be understated.	它的重要性再怎麼強調也不為過。
You will be judged by how you interact with others.	別人會按照你與人互動的方式來評斷你。
Therefore, we must learn to speak well.	因此，你必須學會如何能言善道。
It's our passport to achievement.	這是我們獲得成功的保障。
It's the way to win friends and influence people.	這是能贏得朋友和影響他人的方法。
You've been a wonderful audience.	你們是很棒的聽眾。
It's been a pleasure to speak with you.	和你們說話非常愉快。
Best wishes and have a great day!	祝大家萬事如意，並擁有美好的一天！

UNIT
8

【註釋】

honor〔'ɑnɚ〕*n.* 光榮　　basics〔'besɪks〕*n. pl.* 基礎；原理

point〔pɔɪnt〕*n.* 論點；要點；重點　　***get~across*** 使（人）了解~

statement〔'stetmənt〕*n.* 敘述　　steer〔stɪr〕*v.* 掌舵；駕駛

clear of 毫無…的　　***steer clear of*** 避開

ambiguity〔͵æmbɪ'gjuətɪ〕*n.* 含糊；模稜兩可

articulate〔ɑr'tɪkjəlɪt〕*adj.* 能清楚地表達想法的；（說話）清晰的

term〔tɜm〕*n.* 名詞；用語　　***big words*** 難字

speech〔spitʃ〕*n.* 說的話　　***turn off*** 使失去興趣；使不喜歡

present〔prɪ'zɛnt〕*v.* 表達

digest〔daɪ'dʒɛst〕*v.* 消化；體會（並加以吸收）

accordingly〔ə'kɔrdɪŋlɪ〕*adv.* 因此

address〔ə'drɛs〕*v.* 向…講話

intend to 打算　　harmonious〔hɑr'monɪəs〕*adj.* 和諧的

on top of that 此外

gesture〔'dʒɛstɚ〕*n.* 姿勢；手勢

emphasize〔'ɛmfə͵saɪz〕*v.* 強調

posture〔'pɑstʃɚ〕*n.* 姿態；姿勢

passionate〔'pæʃənɪt〕*adj.* 熱烈的；熱情的

skip〔skɪp〕*v.* 略過；跳過

key〔ki〕*n.* 關鍵

understate〔͵ʌndɚ'stet〕*v.* 輕描淡寫地說；避重就輕地說

judge〔dʒʌdʒ〕*v.* 評斷

passport〔'pæs͵port〕*n.* 護照；（為達成某種目的的）手段；保障

achievement〔ə'tʃivmənt〕*n.* 成就；成功

長篇演講就是反覆
講大同小異的事。

UNIT
8

V. **短篇作文**：用背過的 9 個關鍵句，和部份同義句，加上轉承語，就可寫出精彩作文。

How to Communicate Effectively

Communication is the key to success. How can we do it effectively? *In the first place*, don't be deceptive. Don't use fancy words. Always keep your message brief. *Also*, you have to know your audience.

After that, you need to choose your words carefully. *Besides*, you should organize your thoughts. You must know what you want to say before you begin speaking. *Plus*, you must use body language. *Last and most importantly*, practice every chance you get.

【中文翻譯】
如何有效地溝通

溝通是成功的關鍵。我們要如何有效地溝通？首先，不要欺騙。不要用華麗的言語。你傳遞的訊息一定要簡短。而且，你必須了解你的聽眾。

之後，你必須謹慎選擇你說的話。此外，你應該要整理你的想法。在你開始說話前，你必須知道自己想說什麼。而且，你必須使用肢體語言。最後一項要點是，一有機會就要練習。

UNIT
8

VI. **長篇作文**：背完同義字和同義句，肚子有貨，才能寫出
長篇作文。

How to Communicate Effectively

Have you ever noticed that the best leaders are
extremely well-spoken? Well, it's true. In order to be
a leader, you must be an effective communicator. The
man who knows how to communicate will win friends
and influence people. It really is as simple as that.
Fortunately, communication is a skill that anybody can
learn. *In fact*, there is an art to using your words
effectively. There's something magical about having the
ability to get your point across.

There are several key elements to effective
communication. *First*, don't be deceptive. Avoid
misleading, unreliable, and false statements. Steer clear
of ambiguities. Be honest and truthful. *Next*, don't use
fancy words. You can be articulate without flashy
vocabulary. It's actually easier to make your point without
elaborate terms. *Moreover*, big words are pretentious,
and using showy terms will make your speech sound
affected. Try it sometime, and you'll see. Your audience
will be turned off by your verbal extravagance.

Third, keep your message brief by speaking in short
sentences. Present a limited number of ideas in a compact
message—it is much easier to digest. People want you
to be concise and get to the point. They will be grateful

UNIT
8

that you did. *Accordingly*, know your audience. Be conscious of who you are speaking to. *Similarly*, choose your words carefully. Speak with caution, care and discretion. *To put it another way*, organize your thoughts so that you know what you're going to say before you say it. *On top of that*, use body language. Employ gestures and movements to emphasize a point. Make use of your hands, be conscious of your posture, and never forget your smile! People tend to overlook the fact that a smile is the most powerful of all gestures.

Moreover, speak with enthusiasm. People are drawn to earnest, passionate speakers. *Finally*, practice every chance you get. Effective communication is the key to success and its importance cannot be understated. You will be judged by how you interact with others. *Therefore*, it's important to speak well. It's the passport to achievement.

【中文翻譯】

如何有效地溝通

你有沒有注意到,最好的領導者,都是非常會說話的?嗯,的確如此。要成為領導者,你必須能與人有效地溝通。懂得如何溝通的人,會贏得朋友,並且能影響別人。真的就是這麼簡單。幸運的是,溝通是個人人都能學習的技巧。事實上,有效地運用你說的話是一門藝術。擁有能力可以讓人了解你的論點,是很神奇的。

要有效地溝通,有好幾個關鍵要素。首先,不要欺騙。要避免會誤導別人的、不可信賴的,以及錯誤的言論。不要模稜兩可。要

誠實並且實在。其次，不要用華麗的言語。不需要用誇大的言辭，就可以清楚表達你的想法。其實沒有複雜的用語，會讓你更容易說明你的論點。此外，難字很虛偽，用些炫耀性的名詞，會使你說的話聽起來很做作。找個時間試試看你就知道了。你的聽眾會對你誇張的言辭沒興趣。

第三，你傳遞的訊息要簡短，說話時句子要短。在簡短的訊息中，表達數量有限的概念──這會讓人比較容易理解。人們會希望你簡潔而且切中要點。你這麼做，他們會很感激。因此，要了解你的觀眾。要知道你說話的對象。同樣地，要謹慎選擇你說的話。要非常謹慎、小心地說話。換句話說，要整理你的想法，這樣在你說話之前，才會知道自己要說什麼。此外，要使用肢體語言。要用姿勢和動作來強調你的論點。要運用你的雙手，要注意你的姿勢，而且絕不要忘記微笑！大家往往會忽略，微笑是所有的姿勢中，最強而有力的。

此外，說話要充滿熱忱。人們會受說話既誠懇又熱情的人所吸引。最後，一有機會就要練習。有效的溝通是成功的關鍵，而且它的重要性再怎麼強調也不為過。別人會按照你與人互動的情況來評斷你。因此，能言善道是很重要的。這是我們獲得成功的保障。

【註釋】

extremely〔ɪkˋstrimlɪ〕*adv.* 極度地；非常
well-spoken〔ˋwɛlˋspokən〕*adj.* 談吐高雅的；善於辭令的
art〔ɑrt〕*n.* 藝術；技巧；方法　　***an art to V-ing*** …的藝術；…的技巧
magical〔ˋmædʒɪkl〕*adj.* 神奇的　　key〔ki〕*adj.* 關鍵的
element〔ˋɛləmənt〕*n.* 要素　　verbal〔ˋvɝbl〕*adj.* 言辭的
grateful〔ˋgretfəl〕*adj.* 感激的
accordingly〔əˋkɔrdɪŋlɪ〕*adv.* 因此
discretion〔dɪˋskrɛʃən〕*n.* 慎重；謹慎
put〔pʊt〕*v.* 說　　***to put it another way*** 換句話說
on top of that 此外　　***tend to*** 易於；傾向於
overlook〔͵ovɚˋlʊk〕*v.* 忽視　　draw〔drɔ〕*v.* 吸引

UNIT
8

Unit 8 同義字整理

※ 重複地背，不斷地使用，單字能快速增加。

1. deceptive〔dɪ'sɛptɪv〕adj.
   欺騙的
   = deceitful〔dɪ'sitfəl〕adj.
   欺騙的
   = dishonest〔dɪs'ɑnɪst〕adj.
   不誠實的

   = cheating〔'tʃitɪŋ〕adj.
   欺騙的
   = misleading〔mɪs'lidɪŋ〕
   adj. 誤導的；令人誤解的
   = false〔fɔls〕adj. 錯誤的；
   欺騙的

   *   *   *

   = untruthful〔ʌn'truθfəl〕
   adj. 說謊的；虛假的
   = unreliable〔ʌnrɪ'laɪəbḷ〕
   adj. 不可靠的
   = ambiguous〔æm'bɪgjuəs〕
   adj. 含糊的；模稜兩可的

   = deceive〔dɪ'siv〕v. 欺騙
   = cheat〔tʃit〕v. 欺騙；作弊
   = trick〔trɪk〕v. 欺騙

   = mislead〔mɪs'lid〕v. 誤導；欺騙
   = misinform〔,mɪsɪn'fɔrm〕v.
   誤報；給錯誤的訊息
   = give the wrong impression
   給予錯誤的印象

2. fancy〔'fænsɪ〕adj. 華麗的；
   裝飾的
   = fanciful〔'fænsɪfəl〕adj. 幻想
   的；空想的；花俏的
   = flashy〔'flæʃɪ〕adj. 華麗的；
   虛飾的

   = elaborate〔ɪ'læbərɪt〕adj. 精心
   計劃的；精巧的；複雜的
   = extravagant〔ɪk'strævəgənt〕
   adj. 奢侈的；奢華的；(言行)放肆
   的；越軌的；極端的；過份的
   = decorative〔'dɛkə,retɪv〕adj.
   裝飾的

   = pretentious〔prɪ'tɛnʃəs〕adj.
   虛偽的；做作的
   = affected〔ə'fɛktɪd〕adj. 裝模
   作樣的；虛飾的
   = showy〔'ʃoɪ〕adj. 華麗的；
   虛飾的；炫耀的；賣弄的

3. **brief** ﹝brif﹞ *adj.* 簡短的
= short ﹝ʃɔrt﹞ *adj.* 簡短的
= limited ﹝'lɪmɪtɪd﹞ *adj.* 有限的

= compact ﹝kəm'pækt﹞ *adj.*
簡潔的
= concise ﹝kən'saɪs﹞ *adj.* 簡潔
的；簡明的
= to the point 扼要的；適切的；
中肯的；切題的

4. **know** ﹝no﹞ *v.* 知道；認識；了解
= recognize ﹝'rɛkəg,naɪz﹞ *v.*
認出；認得；承認
= understand ﹝,ʌndɚ'stænd﹞ *v.*
了解

= be aware of 知道；察覺到；
意識到；認識
= be conscious of 知道；察覺
到；意識到

= be familiar with 熟悉
= be acquainted with 認識；熟悉

5. **carefully** ﹝'kɛrfəlɪ﹞ *adv.*
小心地；謹慎地；仔細地
= cautiously ﹝'kɔʃəslɪ﹞ *adv.*
小心地；謹慎地
= wisely ﹝'waɪzlɪ﹞ *adv.* 聰明地；
明智地

= attentively ﹝ə'tɛntɪvlɪ﹞
adv. 專注地；專心地
= painstakingly
﹝'penz,tekɪŋlɪ﹞ *adv.* 盡心盡
力地；小心翼翼地
= prudently ﹝'prudəntlɪ﹞ *adv.*
慎重地；審慎地

= discreetly ﹝dɪ'skritlɪ﹞ *adv.*
謹慎地
= with care 小心地；謹慎地
= with caution 小心地；
謹慎地

6. **organize** ﹝'ɔrgən,aɪz﹞ *v.*
組織；整理；歸納；使系統化
= arrange ﹝ə'rendʒ﹞ *v.*
安排；整理
= coordinate ﹝ko'ɔrdn̩,et﹞
v. 協調；整理

= prepare ﹝prɪ'pɛr﹞ *v.*
準備；預備；策劃；籌備
= plan ﹝plæn﹞ *v.* 計劃；
策劃
= frame ﹝frem﹞ *v.* 架構；
構思；制定；設計；計劃；
構想出

UNIT
8

7.
- **use**〔juz〕*v.* 使用；利用
- = **employ**〔ɪm'plɔɪ〕*v.* 使用；運用；雇用
- = **exercise**〔'ɛksə͵saɪz〕*v.* 練習；運用

- = **practice**〔'præktɪs〕*v.* 實行；練習；利用
- = **apply**〔ə'plaɪ〕*v.* 應用；運用
- = **make use of** 利用

8.
- **enthusiasm**〔ɪn'θjuzɪ͵æzəm〕*n.* 熱忱；熱中；熱烈
- = **eagerness**〔'ɪgənɪs〕*n.* 熱心；熱切
- = **earnestness**〔'ɝnɪstnɪs〕*n.* 熱心；誠摯；認眞

- = **vigor**〔'vɪgə〕*n.* 精力；活力；元氣
- = **vitality**〔vaɪ'tælətɪ〕*n.* 活力；元氣；生氣
- = **energy**〔'ɛnədʒɪ〕*n.* 精力；活力

* * *

- = **excitement**〔ɪk'saɪtmənt〕*n.* 興奮
- = **passion**〔'pæʃən〕*n.* 熱情
- = **zest**〔zɛst〕*n.* 熱情

- = **zeal**〔zil〕*n.* 熱心；熱忱
- = **keenness**〔'kinnɪs〕*n.* 熱心；熱切
- = **spirit**〔'spɪrɪt〕*n.* 精神；元氣

9.
- **Practice every chance you get.**
  一有機會就要練習。
- = **Practice day and night.**
  要日以繼夜地練習。
- = **Practice whenever you can.** 能練習就練習。

- = **Take every opportunity to practice.**
  要把握每個機會練習。
- = **Never pass up a chance to practice.**
  不要放棄任何練習的機會。
- = **Practice whenever possible.**
  只要有可能就練習。

- = **Rehearse whenever possible.**
  只要有可能就演練。
- = **Rehearse whenever you can.** 能演練就演練。
- = **Rehearse like crazy.**
  要拼命地演練。

UNIT
8

如何寫英文作文

I. 題目的寫法

1. 題目要居中。

【例 1】

How to Be Prosperous in the Future

We'd all love to be rich, or at least well-off. 〔主題句〕 *There is an easy formula for achieving this.*

〔推展句①〕 *First of all*, we need to find out what we are good at and what we enjoy doing. *Then* it will be easy for us to work hard at it and succeed. 〔推展句②〕 *Second*, we need to manage our income well. We can't spend our paycheck on impulse purchases. It's important to stick to a budget. 〔推展句③〕 *Last*, we have to keep on investing in ourselves. That means we must never stop trying to improve.

〔結尾句〕 *If we do all of these things, prosperity is virtually guaranteed.*

【例 2】

My Favorite Food

〔主題句〕 *Eggs are my favorite food.* I like eggs for several reasons. 〔推展句①〕 *Firstly*, eggs are very nutritious: they contain protein which is good for our health. 〔推展句②〕 *Secondly*, they always taste good, no matter how they are cooked. 〔推展句③〕 *Lastly*, eggs are not expensive, and can be eaten every day. You can buy them almost everywhere in the city. 〔結尾句〕 *Therefore*, *eggs are good for our health and easy on our pocketbooks.*

2. **第一個字、重要的字首要大寫，但冠詞、介詞（*4個字母以下*）、連接詞小寫。例如：**

Things Are Not as Difficult as They Appear
（事情不像表面上看起來那麼難）

Something Interesting About a Classmate of Mine
（我同班同學發生的趣事）

The Most Precious Thing in My Room（我房裡最珍貴的東西）

Music Is an Important Part of Life
（音樂是生活中很重要的一部份）

Travel Is the Best Teacher（旅行是最好的老師）

A Taxi Ride（搭計程車）

How I Spent Yesterday Evening（我如何度過昨晚）

Time（時間）

Near-sightedness（近視）

A House Is Not a Home（房子不能算是家）

Making Decisions（做決定）

A Happy Ending（快樂的結局）

The Difficulties I Have with Learning English
（我學英文所遇到的困難）

My Favorite Retreat（我最喜歡去的僻靜處所）

3. **不要標點符號，但問號和感嘆號例外。**

例如： How to Achieve Success（成功之道）

An Invitation to Visit Taiwan（邀請訪問台灣）

What Makes a Good Friend?
（好朋友該具備什麼條件？）

II. 段落的組成

每一個段落只能有一個主題（central idea），表達主題的句子稱為主題句（topic sentence）。其餘的句子都是在說明或支持這個主旨的推展句。最後作總結的句子稱為結尾句（concluding sentence）。

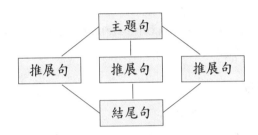

1. 每段開頭空 5 或 7 個字母。
2. 推展句要 3 個以上。

【範例】

　　〔主題句〕*As for my college life*, *I want to be healthy*. 〔推展句①〕*First of all*, I hope I can avoid the ridiculous life style which many college students pursue. 〔推展句②〕 *Second*, since I will have a lot of free time in college, I want to develop the habit of exercising regularly to keep in shape. 〔推展句③〕*Finally*, I will maintain a healthy diet and get plenty of sleep. 〔結尾句〕*In these ways*, I can live a healthy life in college.

　　至於我的大學生活，我想要過得健康。首先，我希望我可以避免許多大學生所追求的荒唐生活方式。第二，因為在大學我有很多空閒時間，我想要培養規律運動的習慣，來保持身材。最後，我會維持健康的飲食和有足夠的睡眠。如此一來，我便可以過著健康的大學生活。

Ⅲ. 如何寫主題句

1. 用題目的關鍵字造句。

2. 句子要簡潔，最好是簡單句。

比較： In my opinion, there are some steps which everybody knows we must take to achieve success.

（太長，複雜，不能寫推展句）

We must take some steps to achieve success.

（簡潔，易接轉承語）

Ⅳ. 如何寫推展句

1. 用轉承語引導推展句。

2. 儘量以單句、合句、複句混合使用，較有變化。

Ⅴ. 結尾句的組成

1. 用表「結論」的轉承語。

2. 把握主題句的關鍵字。

In conclusion, if we follow these steps, we will achieve success.

Ⅵ. 用轉承語寫作文

1. 大部份的文章都可以用 *First, …. Second, …. Third, …. Finally, …. In conclusion, ….* 逐條說明。

2. 為了使文章生動，First 可用 *First of all, In the first place, To begin with* 等同義轉承語代替。

3. *Second* 可用 *Then, Next* 等代替。

4. 其他可用 *What's more, Moreover, Furthermore* 等代替。

【用轉承語寫作文範例1】

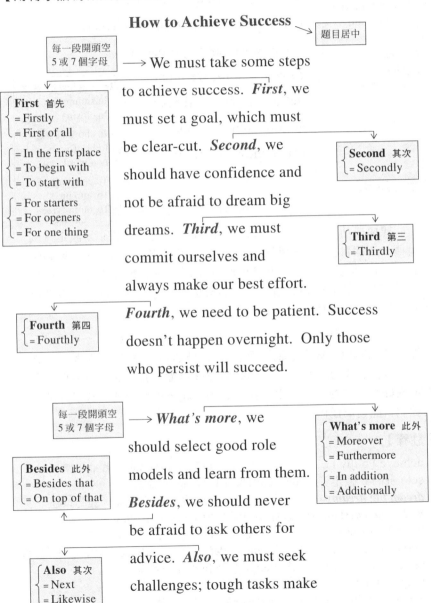

How to Achieve Success

題目居中

每一段開頭空
5 或 7 個字母

We must take some steps to achieve success. *First*, we must set a goal, which must be clear-cut. *Second*, we should have confidence and not be afraid to dream big dreams. *Third*, we must commit ourselves and always make our best effort.

First 首先
= Firstly
= First of all

= In the first place
= To begin with
= To start with

= For starters
= For openers
= For one thing

Second 其次
= Secondly

Third 第三
= Thirdly

Fourth 第四
= Fourthly

Fourth, we need to be patient. Success doesn't happen overnight. Only those who persist will succeed.

每一段開頭空
5 或 7 個字母

What's more, we should select good role models and learn from them. *Besides*, we should never be afraid to ask others for advice. *Also*, we must seek challenges; tough tasks make

What's more 此外
= Moreover
= Furthermore

= In addition
= Additionally

Besides 此外
= Besides that
= On top of that

Also 其次
= Next
= Likewise

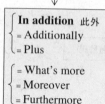

In addition 此外
= Additionally
= Plus
= What's more
= Moreover
= Furthermore

us stronger. ***In addition***, we must be ready. We must not miss a chance because we are unprepared.

In conclusion, we must get on our feet and take action. With action, we can achieve anything.

In conclusion 總之
= In summary
= In closing
= In short 簡言之
= In brief
= In a word
= To conclude
= To sum up
= To summarize

【中文翻譯】

如何成功

　　想要成功，我們必須採取一些步驟。首先，我們必須設定一個目標，這個目標必須很明確。第二，我們應該要有信心，不要害怕有遠大的夢想。第三，我們必須要專心，一定要盡自己最大的努力。第四，我們必須有耐心。我們無法一夕之間就成功。只有堅持到底的人才會成功。

　　此外，我們應該選擇好的榜樣，向他們學習。還有，我們絕不能害怕向其他人尋求建議。而且，我們應該尋找挑戰；艱難的任務能使我們更堅強。此外，我們必須做好準備。我們絕不能因爲沒有準備好而錯失機會。總之，我們必須站起來採取行動。有了行動，我們就能達成任何事。

【註釋】

achieve〔ə'tʃiv〕v. 達成；（經努力）獲得　　***take steps*** 採取步驟
set〔sɛt〕v. 設定　　clear-cut〔'klɪr'kʌt〕adj. 明確的
dream big dreams 有遠大的夢想　　***commit*** oneself 專心；全力以赴
make one's ***best effort*** 盡自己最大的努力（= do one's best）
overnight〔'ovə·'naɪt〕adv. 一夜之間；忽然；突然
persist〔pə·'sɪst〕v. 堅持　　***role model*** 榜樣　　advice〔əd'vaɪs〕n. 勸告
seek〔sik〕v. 尋求　　challenge〔'tʃælɪndʒ〕n. 挑戰
tough〔tʌf〕adj. 困難的　　miss〔mɪs〕v. 錯過
get on one's ***feet*** 站起來　　***take action*** 採取行動

【用轉承語寫作文範例 2】

An Invitation to Visit Taiwan

日期在第一
行，齊右邊

July 2, 2016

稱呼語在第二
行，齊左邊，
須用逗點

Dear Jimmy,

每一段開頭空
5 或 7 個字母

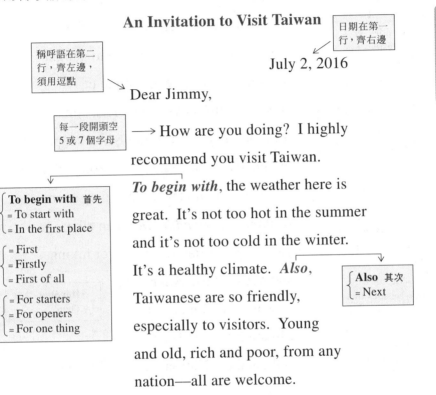

How are you doing? I highly recommend you visit Taiwan.

To begin with, the weather here is great. It's not too hot in the summer and it's not too cold in the winter. It's a healthy climate. *Also*, Taiwanese are so friendly, especially to visitors. Young and old, rich and poor, from any nation—all are welcome.

To begin with 首先
= To start with
= In the first place

= First
= Firstly
= First of all

= For starters
= For openers
= For one thing

Also 其次
= Next

每一段開頭空
5 或 7 個字母

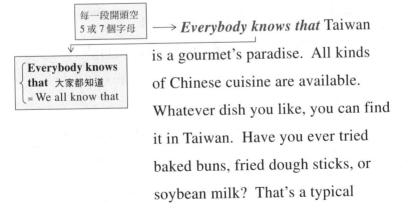

Everybody knows that Taiwan is a gourmet's paradise. All kinds of Chinese cuisine are available. Whatever dish you like, you can find it in Taiwan. Have you ever tried baked buns, fried dough sticks, or soybean milk? That's a typical

Everybody knows that 大家都知道
= We all know that

如何寫作文

Chinese breakfast. I am sure you will like it. **Besides**, Taipei is a city that never sleeps. I can take you to a night market, where we can sample tasty snacks, such as oyster omelets, stinky tofu, pig blood cakes, pig blood soup, and bubble tea. Chicken feet are something everyone should try, even if they sound frightening. **In addition**, I can take you to Yangming Mountain for hiking and hot springs. **After that**, we can visit Taipei 101, Chiang Kai-shek Memorial Hall, and the National Palace Museum.

Besides 此外
= Besides that
= On top of that

= What's more
= Moreover
= Furthermore

= In addition
= Additionally
= Also

In addition 此外
= Additionally
= Also

= Besides
= Besides that
= On top of that

= What's more
= Moreover
= Furthermore

After that 之後
= Then

每一段開頭空
5 或 7 個字母

→ Taiwan has traditional Chinese culture, but a modern, high tech society. **In fact**, Taiwan is a mix of East and West. **Here**, there is something for everyone. Travelers, shoppers, and food lovers all adore Taiwan.

In fact 事實上
= In reality
= Indeed

= As a matter of fact
= Actually
= Truly

Here 在這裡
= Here in Taiwan
= In Taiwan 在台灣

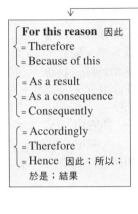

For this reason 因此
= Therefore
= Because of this
= As a result
= As a consequence
= Consequently
= Accordingly
= Therefore
= Hence 因此；所以； 於是；結果

For this reason, I am inviting you now, so please make it happen. Just tell me the date and time. I will pick you up at the airport. *Of course*, I will be happy to make all the arrangements. All you have to do is (to) show up.

Of course 當然
= Surely
= To be sure

結尾敬詞
須加逗點

Your friend,

Johnny

簽名在最後一
行，結尾敬詞
的下方

【中文翻譯】

邀請朋友來台灣玩

親愛的吉米：

　　你好嗎？我非常推薦你來台灣玩。首先，台灣的天氣很棒，夏天不會太熱，冬天也不會太冷。這裡的天氣有益健康。此外，台灣人很友善，尤其是對觀光客。無論男女老少、不分貧富，不管你來自哪一國——全都會受到歡迎。

　　大家都知道，台灣是美食者的天堂。各種中式料理在這裡都吃得到。無論你喜歡什麼菜，在台灣都找得到。你有試過燒餅、油條，或豆漿嗎？這是中式早餐，我相信你會很喜歡。此外，台北是個不夜城。我可以帶你去夜市，在那裏我們能品嚐美味的點心，像是蚵仔煎、臭豆腐、豬血糕、豬血湯、泡沫紅茶；雞腳是每個人都該品嚐的東西，雖然聽起來很可怕。另外，我可以帶你去陽明山爬山和泡溫泉。之後，我們可以去參觀台北 101 大樓、中正紀念堂，以及國立故宮博物院。

　　事實上，台灣融合了中西方文化。台灣有傳統的中國文化，也是個現代化高科技的城市。在這裡，一定能滿足每個人的需求。遊客、購物者，以及美食愛好者，全都很喜歡台灣。因此，我現在要邀請你，請你一定要來。只要告訴我日期和時間，我會去機場接你。當然，我很樂意安排一切。你只要人來就好。

你的朋友，
強尼
2016 年 7 月 2 日

【註釋】

highly〔'haɪlɪ〕adv. 非常　　recommend〔͵rɛkən'mɛnd〕v. 推薦
healthy〔'hɛlθɪ〕adj. 有益健康的
especially〔ə'spɛʃəlɪ〕adv. 尤其；特別是
young and old 無論老少；不分男女老幼
rich and poor 有錢人和窮人　　gourmet〔'gurme〕n. 美食者
paradise〔'pærə͵daɪz〕n. 天堂　　cuisine〔kwɪ'zin〕n. 菜餚
available〔ə'veləbḷ〕adj. 可獲得的；買得到的
baked bun 燒餅　　*fried dough stick* 油條（= *Chinese fritter*）

soybean milk 豆漿　　typical〔'tɪpɪkḷ〕adj. 典型的
night market 夜市　　sample〔'sæmpḷ〕v. 品嚐
tasty〔'testɪ〕adj. 好吃的　　snack〔snæk〕n. 點心
oyster omelet 蚵仔煎　　*stinky tofu* 臭豆腐
pig blood cake 豬血糕　　*pig blood soup* 豬血湯
bubble〔'bʌbḷ〕n. 泡泡　　*bubble tea* 泡沫紅茶
frightening〔'fraɪtṇɪŋ〕adj. 可怕的　　hiking〔'haɪkɪŋ〕n. 爬山
hot spring 溫泉　　*Chiang Kei-shek Memorial Hall* 中正紀念堂

the National Palace Museum 國立故宮博物院　　mix〔mɪks〕n. 混合
traditional〔trə'dɪʃənḷ〕adj. 傳統的　　*high tech* 高科技的
adore〔ə'dor〕v. 非常喜愛　　*make it happen* 去做吧
pick sb. up 接某人　　*make arrangements* 做安排
all one has to do is（*to*）*V.* 某人所要做的就是…　　*show up* 出現

寫英文作文必備轉承語

I. 表示時間或次序

1. **First** 首先
   = Firstly
   = First of all

   = In the first place
   = To begin with
   = To start with

   = For starters
   = For openers
   = For one thing

   At first 最初
   = Initially
   = Originally
   = At the outset

   = At the beginning
   = From the beginning
   = From the start

2. **Second** 第二
   Third 第三
   Then 然後

   Next 其次
   = Also
   = Again

   = Afterward(s) 之後
   = After this
   = Subsequently

3. **What's more** 此外
   = Moreover
   = Furthermore

   = In addition
   = Additionally
   = Plus

   = Besides
   = Besides that
   = On top of that

4. **Finally** 最後
   = Finally, but most importantly
   = Last but not least
     最後但並非最不重要的

   = Last
   = Lastly
   = Last and most importantly

必備轉承語

{
= Most importantly
= Most of all
= Most important of all
}

{
= At last
= At length
}

{
= Ultimately
= Eventually
}

{
= In the long run
= Above all
= All things considered
}

5.
{
In conclusion　總之
= In summary
= In sum
= In closing
}

{
= In short　簡言之
= In brief
= In a word
}

{
= To conclude
= To sum up
= To summarize
}

{
= Shortly
= Briefly
= Concisely
}

{
= To put it briefly
= To put it simply
= Simply put
}

{
= In all
= All in all
= Overall
= Altogether
}

6.
{
In general　大體上
= Generally speaking
}

{
= Essentially
= Fundamentally
}

{
= By and large
= At large
}

{
= As a whole
= On the whole
= For the most part
}

{
= As a rule　通常
= As usual
= Ordinarily
}

II. 表示因果關係

1.
{
In this way　這樣一來
= For this reason
= Because of this
}

{
= As a result
= As a consequence
= In consequence
}

{
= Accordingly
= Consequently
}

```
⎧ = Therefore
⎨ = Thereupon
⎨ = Hence
⎨ = Thus　因此；所以；於是；
⎩　　結果
```

Ⅲ. 表示舉例或例證

1.
```
⎧ For example　例如
⎨ = For instance
⎩ = e.g.
```

```
⎧ = Take…for example
⎨ = Take…as an example
⎨　以…爲例
⎩　【不可用 instance 代替 example】
```

```
⎧ = By way of example
⎩ = As an example
```

```
⎧ = As an illustration
⎨ = To illustrate
⎩ = To demonstrate
```

Ⅳ. 表示比較或對比

1.
```
⎧ However　然而
⎨ = Yet
⎩ = Still
```

```
⎧ = Nevertheless
⎨ = Nonetheless
⎩ = On the other hand
```

```
⎧ = In spite of this
⎨ = Despite this
⎩ = Even so
```

```
⎧　Meanwhile　同時
⎨ = In the meantime
⎩ = At the same time
```

```
⎧　While this may be true
⎨　雖然這可能是眞的
⎩ = Be that as it may
```

2.
```
⎧ Conversely　相反地
⎨ = On the contrary
⎩ = Contrarily
```

```
⎧ = Instead
⎩ = Rather
```

3.
```
⎧ In contrast　對比之下
⎨ = By contrast
⎩ = By way of contrast
```

Ⅴ. 表示強調

1.
```
⎧ In fact　事實上
⎨ = In effect
⎩ = In truth
```

```
⎧ = In reality
⎩ = In actuality
```

```
⎧ = As a matter of fact
⎨ = In point of fact
⎩ = Indeed
```

必備轉承語

= Actually
= Truly

= Honestly
= Frankly

= To tell the truth
= To be honest
= To be frank

= Regarding this
= Considering this

2. **Equally** 同樣地
= Similarly
= Likewise

= In the same way
= In the same manner
= In like manner

= In a similar fashion
= By the same token
= Equally important

3. **Of course** 當然
= Surely
= To be sure

= Indeed 的確
= No doubt 無疑地
= Without (a) doubt

= Undoubtedly
= Certainly
= Granted

4. **In other words** 也就是說
= That is
= That is to say

= Namely
= To put it another way
= To put it differently

5. **By the way** 順便一提
= Incidentally
= To change the topic

6. **Especially** 特別；尤其
= Specifically

= Particularly
= In particular
= Notably

7. **In any case** 無論如何
= In any event
= At any rate

= Anyhow
= Anyway

= Whatever the case may be
= Whatever happens

必備轉承語

一點一滴的進步，能創造奇蹟！

　　每一回要找出九個句子，句子要短，要能馬上用得到，眞不簡單！感謝和我一起工作 20 多年的蔡琇瑩老師和謝靜芳老師，非常認眞地協助編輯。一個單字，在各種同義字典中往往有幾十個同義字，必須挑出合乎句意的單字，還要精心排列，讀者才能背得下來。我先試背過，並且和蔡琇瑩老師上過八週的講座，改了又改，務必讓「好背」爲最高原則。背以前，可以看講座實況 DVD，再背就比較輕鬆。

　　有些句子無法用文法解釋，那就是慣用句。如書中 p.149 的 That's right, I'm turning over a new leaf. (沒錯，我要改過自新。) That's right 後面是逗點，而不是句點，用法和 Trust me, you can do it. 中的 Trust me 一樣，是慣用法。再例如，在 p.192 中的 compact〔kəm'pækt〕*adj.* 小型的，但在名詞前，就要唸成〔'kɑmpækt〕才對。同樣一個形容詞，有兩種不同的發音，困擾了很多英文老師，再次證明，背短句是學英文的最佳方法。爲了確保錄音品質，我親自帶了謝靜芳老師和 Christian 去錄音室錄音，美國人不管多有學問，和中國人一樣，有時會唸錯。我們修正了三次，這本書可以靠「聽」來學習，聽多了自然就會。

　　感謝美籍老師 Christian Adams 協助挑選單字和編寫句子，也感謝在美國的教授 Laura. E. Stewart 校對，她和謝靜芳老師是品質的把關者。一本好書的版面很重要，必須賞心悅目。感謝做了 30 多年的黃淑貞小姐的版面設計，有些人看習慣我們「學習出版公司」的書，看別的書不習慣，就是因爲她的功力。感謝美編白雪嬌小姐，她從大學時代就在這裡上班，轉眼也有 20 幾年。我很慶幸，有這些工作伙伴長期協助，達成我的理想。40 多年來，一點一滴的進步，能夠創造奇蹟，以前想都沒想到，會發明「一個劇情、九個句子，組成作文和演講」，相信一定能夠解決國人單字量不足和「聲啞英語」的問題。

　　本書雖經審愼編校，疏漏之處恐所難免，誠盼各界先進不吝指正。

劉　毅

一口氣背同義字寫作文…①

主　　　編 / 劉　毅		
發 行 所 / 學習出版有限公司	☎ (02) 2704-5525
郵 撥 帳 號 / 05127272 學習出版社帳戶	
登 記 證 / 局版台業 2179 號	
印 刷 所 / 裕強彩色印刷有限公司	
台 北 門 市 / 台北市許昌街 10 號 2F	☎ (02) 2331-4060
台灣總經銷 / 紅螞蟻圖書有限公司	☎ (02) 2795-3656
美國總經銷 / Evergreen Book Store	☎ (818) 2813622
本公司網址 www.learnbook.com.tw	
電 子 郵 件 learnbook@learnbook.com.tw	

書＋MP3 一片售價：新台幣二百八十元正

2014 年 11 月 1 日初版

4713269380900

聽單字感覺較小，聽同義句較有感覺，
聽多了自然會脫口而出。

背短句是學英文最簡單的方法，
背同義字是增加單字最快的方法。

背完了，要想辦法使用，

才能加深印象。

同義句大部份的單字都相同，

只有句中的同義字不同。

MP3聽多了，自然知道單字的用法。